INK INK INK INK INK
INK INK INK INK INK INK
INK INK INK INK INK
INK INK INK INK INK INK
INK INK INK INK INK
INK INK INK INK INK INK
INK INK INK INK INK
INK INK INK INK INK INK
INK INK INK INK INK
INK INK INK INK INK INK
INK INK INK INK INK
INK INK INK INK INK INK
INK INK INK INK INK
INK INK INK INK INK INK
INK INK INK INK INK
INK INK INK INK INK INK
INK INK INK INK INK
INK INK INK INK INK INK
INK INK INK INK INK
INK INK INK INK INK INK
INK INK INK INK INK
INK INK INK INK INK INK
INK INK INK INK INK

INK INK INK INK INK INK
INK INK INK INK INK
INK INK INK INK INK INK
INK INK INK INK INK
INK INK INK INK INK INK
INK INK INK INK INK
INK INK INK INK INK INK
INK INK INK INK INK
INK INK INK INK INK INK
INK INK INK INK INK
INK INK INK INK INK INK
INK INK INK INK INK
INK INK INK INK INK INK
INK INK INK INK INK
INK INK INK INK INK INK
INK INK INK INK INK
INK INK INK INK INK INK
INK INK INK INK INK
INK INK INK INK INK INK
INK INK INK INK INK
INK INK INK INK INK INK
INK INK INK INK INK
INK INK INK INK INK INK

中國歷代
03 爭議人物

三國梟雄 曹操

吳昆財◎著

前言

「子治世之能臣，亂世之奸雄」這句膾炙人口的話，是東漢名士許子將對曹操一生最傳神的詮釋。然而很不幸的，東漢末年既不是堯舜禪讓的太平盛世，也非歌舞昇平的治世局面；它是中國自秦漢大一統帝國以來，第一個宦官外戚大規模為禍的時代，桓帝、靈帝時兩次黨錮之禍，屠殺了不少讀書人。以張角等人為主的黃巾之亂，僅僅在數月之間，就鬧得全國各地沸騰不已。還有對羌、鮮卑等邊族連年的征討，搞得民窮財盡，漢帝國的財政幾為之空竭。加上中央正統勢力的衰敗，造成擁有強大兵力的軍人董卓、公孫瓚等據地稱雄、獨霸一方。而這些軍閥間的混戰，也成為東漢末年戰禍的來源之一。

難道就因為出生在「白骨露於野，千里無雞鳴」的亂世裡，曹操一些不為傳統中國道德觀念所接受的權宜舉動，就注定要背負起亂臣賊子的罪名嗎？這對一位把一生的精力全部貢獻給國家，且致力中國統一大業的人，是否公允？

在中國歷史中，一治一亂、世代交替是極為尋常的事。誰能為國家民族獲致最大的福祉，誰就有權治理社稷，誰就足以代表中國的正統。若硬要為曹操冠上一頂篡國的大帽子，那麼周武王滅商紂算不算篡？唐高祖李淵及「真命天子」李世民父子兩人滅亡隋朝算不算篡？而那位「陳橋兵變，黃袍加身」的宋太祖趙匡胤滅後周，又算不算欺人孤兒寡母，篡人之國呢？

基於此，曹操盡可堂而皇之地廢掉獻帝，滅亡劉漢。但是他沒有這麼做，他做了周文王，讓自己的兒子丕做了周武王。這並非表示他沒有稱帝作天子的本事，當時河北的袁紹軍隊是「仰食桑椹」；江淮的袁術治下則是「取給蒲蠃，民人相食，州里蕭條」。但在曹操的麾下則是「數年中，倉儲積粟，所在皆滿」，甚且「天下倉廩充實，百姓殷足」。這兩種截然不同的社會狀況，能不證明曹操確實具有人主之才嗎？由他來統一中國，難道不是芸芸蒸民之幸，國家社稷之福嗎？

在中國傳統重德不重才的觀念下，才勝於德的曹操，在歷史上被矮化、醜化了，在「同情弱者，抑制強者」的悲觀哲學下，曹操很難再跳出奸臣的罪名。這與其說是曹操個人所造成的下場，毋寧說是整個傳統思想所導致。若說曹操的性情殘酷，手段毒辣，為人太傷厚道，那麼在玄武門之變中，殘害自己同胞手足的唐太宗李世民就仁慈嗎？他這種傷天害理的行為，難道就不需要受到詛咒嗎？尤有甚者，在政變成功後，又再三要挾唐高祖；這與自責父親曹嵩因己故慘遭敵人毒手，而「惋嘆淚如雨」的曹操相較，是「一代英主」李世民抑或是「一代奸臣」曹阿瞞較合乎儒家的孝悌行為呢？

曹操一生當中最大的「敗筆」，是他深深刺痛了中國人虛偽的內心，他赤裸裸地掀開了中國人的假面具。

他的魏武三詔令，分明就是要與儒家虛假的仁義道德劃清界線。他要「唯才是舉」，哪怕是不仁不義，皆要「勿有所遺」。

這種直言要推倒儒家精神旗桿的坦蕩態度，已觸犯了中國最大的「禁忌」(Taboo)。從此而後，曹操注定要萬劫不復，因為萬一旗桿倒了，中國人的精神支柱勢將瓦解，這對於一個非宗教社會的中國而言，是絕對無法忍受的。這種絕對冒犯不得的禁忌是任誰也不可褻瀆的，即使是萬人之上的國家領袖。

曹操勇敢地與中國的儒家禁忌對抗；他坦率地揭露中國矯飾的面紗。而這種公然向中國禁忌挑戰的代價是，他要承擔所有中國人的罪惡，為那些造作的中國人作代罪羔羊。

如果儒家的禁忌是造成曹操背負千古罵名的主凶，那麼明朝人羅貫中所寫的《三國演義》則是幫凶。

這裡僅舉一例比較《三國志》與《三國演義》的異同，來證明《三國演義》是如何醜化、歸罪曹操。

軍閥董卓帶兵進入洛陽，廢掉靈帝，改立獻帝，握有政權。但董卓本人殘害無辜，濫用刑罰，貪得無厭，縱情於聲色犬馬。他的胡漢軍隊，更是紀律鬆弛，使黎民飽受荼毒。

此時任職典軍校尉的曹操不齒董卓的作為，於是辭官回鄉。就在返鄉的途中，發生了一件「駭人聽聞」的呂伯奢事件。這個事件在《三國志》的三個注解中，有著完全不同的說法，在此把它們節錄於下：

王沈的《魏書》記載：

太祖（指曹操）以卓終必覆敗，遂不就拜，逃歸鄉里。從數騎過故人成皋呂伯奢；伯奢不在，其子與賓客共劫太祖，取馬及物，太祖手刃擊殺數人。

此時，曹操是被動的。

郭頒的《世語》：

太祖過伯奢。伯奢出行，五子皆在，備賓主禮。太祖自以背卓命，疑其圖己，手劍夜殺八人而去。

曹操在此轉被動為主動。

孫盛的《雜記》：

太祖聞其食器聲，以為圖己，遂夜殺之。既而悽愴曰：「寧我負人，毋人負我！」遂行。

王沈的時代最接近曹操，且他是魏朝官方史書的主編，他的《魏書》較具有事實的根據。郭頒的《世語》及另一本《曹瞞傳》皆出自曹魏敵國吳蜀人士之手，所以下筆之處不免有失偏頗。

至於孫盛的《雜記》是西元四世紀的作品，距曹操時代已近兩個世紀，礙於史料的不足，或憑空臆測，穿鑿附會在所難免。

以上這三本書，雖然說法不同，但共同處是皆未曾提及曹操殺害呂伯奢。待至《三國演義》，則信口開河，繪聲繪影大肆「演義」一番，茲引於下：

（曹操）行了三日，至成皋地方，天色向晚。操以鞭指林深處，謂（陳）宮曰：「此間有一人姓呂，名伯奢，是吾父結義兄弟；就往問家中消息，覓一宿如何？」宮曰：「最好。」二人至莊前下馬，入見伯奢。奢曰：「我聞朝廷遍行文書，捉汝甚急，汝父已避陳留去了。汝如何得至此？」操告以前事曰：「若非陳縣令已粉骨碎身矣。」伯奢拜陳宮曰：「小姪若非使君，曹氏滅門矣。使君寬懷安坐，今晚便可下榻草舍。」說罷，即起身入內，良久乃出，謂陳宮曰：「老夫家無好酒，容往西村沽一樽來相待。」言訖匆匆上驢而去。

操與宮坐久，忽聞莊後有磨刀之聲。操曰：「呂伯奢非吾至親，此去可疑，吾竊聽之。」二人潛步入草堂後，但聞人語曰：「縛而殺之，如何？」

操曰：「是矣！今若不先下手，必遭擒獲。」遂與宮拔劍直入，不問男女皆殺之，一連死八口。搜至廚下，卻見縛一豬欲殺。宮曰：「孟德心多，誤殺好人矣。」急出莊上馬而行。

行不到二里，只見伯奢驢鞍前韉懸酒二瓶，手攜果菜而來，叫曰：「賢姪與使君何故便去？」操曰：「被罪之人不可久住。」伯奢曰：「吾已吩咐家人宰一豬相款，賢姪、使君，何憎一宿，速請轉騎。」操不顧，策馬便行，行不數步，忽拔劍復回，叫伯奢曰：「此來者何人？」伯奢回頭看時，操揮劍砍伯奢於驢下。宮大驚曰：「適才誤耳，今何為也？」操曰：「伯奢到來，見殺死多人，安肯干休？若率眾來追，必遭其禍矣。」宮曰：「知而故殺，大不義也。」操曰：「寧教我負天下人，休教天下人負我。」陳宮默然。

《三國演義》在此把曹操寫成一個冷酷無情、不仁不義的奸詐小人。羅貫中借用偏頗的資料，再加上自己的想像力，誣指曹操撲殺呂伯奢及其一家，醜化曹操之能事顯露無遺。

最令人不平的是，「寧教我負天下人，休教天下人負我」這句話，根本不是出於曹操之口。孫盛最早套用司馬昭的「寧我負卿，不可使卿負我」，栽贓嫁禍變成曹操的「寧我負人，毋人負我」。羅貫中則再借用為「寧教我負天下人，休教天下人負我」，欲陷曹操於不仁不義。這種不忠於歷史真相，而僅憑一己之好惡，就以訛傳訛胡亂加以誣衊前人的筆法，真是曹操最大的不幸啊！

類此這種歪曲史實，顛倒是非的記載，在《三國演義》上可謂不勝枚舉。我們借用此例，只是要說明，曹操的本貌實非那種十惡不赦的罪人；相反地，在某些行為上，他是有人性，有英雄本質，而值得後世效法的。

設身處地地想像前人，洞察前人，是我們探究歷史真相的途徑。本書之作，無意替曹操隱惡，更絕非欲為他虛美，我們只是試圖要把他一生的是非功過，源源本本地呈現出來，而後讓「事實自明」。我們更深切盼望對事實的瞭解，有助於給曹操一個新的歷史評價。

多少君臣將相，在太平與戰亂、興盛與衰亡中創造歷史，留下不朽的功業和萬世的罵名。他們毀譽參半，褒貶不一，是可敬可愛、也是可憎可厭的爭議人物。

三國梟雄

曹操

目錄

【上篇】

曹操傳

一、家世與少年時代

曹操，字孟德，出生於西元一五五年（即東漢桓帝永壽元年）。根據《曹瞞傳》上說，曹操另有一名為吉利，小名叫阿瞞。

曹操是沛國譙人，沛國就在今天的安徽省宿縣西北，漢朝時屬於沛郡；譙則在今日的安徽省亳縣。如此說來，西漢的開國皇帝劉邦和曹操還有同鄉之誼；因為司馬遷的《史記》上說，劉邦生於沛郡。

關於曹氏的起源，根據王沈《魏書》說，曹氏乃帝王之後。在黃帝的孫子顓頊高陽氏時，陸終有一個叫安的兒子，第一個姓曹，他就是曹氏的源頭。周武王在戰勝紂王以後，就封安的後裔曹俠於邾地（今山東省）。

基本上，中國各朝代，只要開國主的身世是出身於寒門低微之家，或者是來歷不明，它的王室都要為其祖先辯護，甚或編出一套冠冕堂皇的理由，來證明他們之所以能夠取得天下，登上天子的寶座，完全不是強奪豪取，而是順應天命，順理成章，一點也不勉強。

中國這一類出於寒門士族的王朝或者出身不明的王室，他們為先世起源創造「歷史」的理由，大約可以歸納為兩類：

一、用類似美洲土著圖騰的信仰，來解釋其祖宗的身世。例如：西漢的開國者劉邦，據正史上記載，他的母親劉媼在雷電交加的大沼澤旁休息時，有一隻蛟龍附在她的身上，而後就產下了漢高祖劉邦。在這傳說中，政治味道大於圖騰的信仰意念。我們可以說，劉邦出於蛟龍之後的傳說是具有其他的用心，也就是政治意義較濃厚，想要以神話傳說來彌補他出身平民的缺憾。

二、附麗高門；也就是找一個較有名望的同姓者，然後把自己的祖先說成是他的後人，以提高身分地位，讓自己的王室有一個較好的血統。這一類的例子上至皇帝，下至販夫走卒，多得不勝枚舉。例如唐朝的開國者李淵，相傳是五胡十六國中西涼李嵩的後代。不過根據最近的研究，卻證明李淵乃是出於漢人之後。

同樣的，曹操的先世問題，也發生了附麗高門的故事。正史上說，曹操是曹參的後人。曹參於西漢初年在漢惠帝朝廷做過宰相，他和蕭何是漢初的開國功臣，同時熱中於無為而治的黃老之術，後來兩人先後做了漢惠帝的宰相。現在我們常常談到「蕭規曹隨」這一句成語，其中蕭指的是蕭何，曹指的就是曹參。

曹操之所以附麗曹參的原因，一則因為曹參可算是一位相當有名氣的人，和曹操又是同姓，再者因為他們是同鄉，有地緣關係。根據史書記載，曹操和曹參都是沛郡人士，沛郡也就是劉邦起義的地點。

我們中國人時常鼓勵中下階級的人：「將相本無種，男兒當自強。」如果把這句話印證在各朝帝王隱瞞先世的行為來看，它似乎並不怎麼行得通。那麼究竟曹操的先人應該從何時追溯呢？根據正史的記載，我們只能從曹操的祖父曹騰下手。

史書上說曹騰的父親叫做曹節，字元偉，性情仁慈寬厚。有一個故事說：曹節的鄰居丟掉了一隻豬，和曹節家養的豬很相像，於是鄰居就到他家指認，曹節卻不和鄰居爭吵；後來鄰居家的豬自己回到家裡，鄰人感覺到非常慚愧，親自把豬送還給曹節，並再三向曹節致歉，曹節只是笑一笑接受，從此以後鄉里鄰居更是欽佩曹節。

曹節有四個兒子，曹騰是他的么兒。西元一二〇年（東漢安帝永寧元年），曹騰到宮中做宦官和太子一起讀書。此後曹騰在宮中做了五十餘年的宦官，經歷了四個皇帝，一生小心謹慎從來沒有過失，又喜歡提拔後進，如虞放、邊韶、延固、張奐等人都先後做了大官，而曹騰始終都不誇張炫耀自己的功勞。

後來，益州刺史种暠向皇帝上奏，曹騰和蜀郡太守有互相勾結的嫌疑，因為他從蜀郡太守的部下處搜到了一封給曹騰的信件，於是奏請皇帝將曹騰免官治罪。但皇帝卻說：

「信是從外頭來，又不是曹騰寫的，曹騰無罪。」

原來，朝廷有一種嚴格的規定，不准宮中的宦官隨便和朝廷的大臣有所接觸，更不可任意到皇城之外，若是違反此規定，可能遭到滅門抄家的危險。

但曹騰並不因此懷恨在心，依舊讚嘆种嵩，認為他這樣做乃是盡了身為臣子的責任。种嵩後來做了司徒，曾對他人說：

「今日我之所以能做到三公的職位，全都是曹騰的恩惠所賜。」

根據陳壽所寫的《三國志》，曹操的父親曹嵩是曹騰的養子，曹嵩本來的家世正史並沒有記載。但是吳人所作的《曹瞞傳》及郭頒的《世語》都說曹嵩是夏侯氏的後代夏侯惇的叔父，這兩本書，前者出於曹操敵人之手，後者也非正史，所以我們只能存疑。司馬彪的《續漢書》上則說，曹嵩，字巨高，個性溫厚謹慎，是個忠孝雙全的人，曾經做過司隸校尉，在靈帝時又先後當過大司農、大鴻臚，後來更代替崔烈登上漢朝三公之一的太尉寶座。

就因為曹操的乾爺爺出身宦官，間接使曹操也蒙上了太監後代的陰影。東漢和帝以後，由於繼位的帝王年齡都很小，以致外戚有機會掌握大權，大司馬大將軍之位都由外戚把持。等到小皇帝長大之後，就一心想要奪回權力，於是結合他小時候的玩伴（宦官）一起誅除外戚。待至剷除外戚勢力之後，宦官們在政治上也占有了一席之地，此時或因政治權力的慾望，或因生理缺陷使得心理產生不平衡，宦官們開始胡作非為，在政治上不斷打擊異己，並且干預皇位的繼嗣，大舉侵奪政權。東漢晚年政治敗壞，到後來的敗亡，和宦官的專政弄權實在有很大的關係。

宦官種種無法無天的作為，當然會引起士大夫的不齒。尤其東漢一朝又特別重視名節，於是以郭泰、賈彪為首多達三萬餘人的京師太學生，以及朝臣李膺、陳蕃等，開始批評朝政，反對政治的黑暗與宦官的貪污腐敗，正式和宦官展開對抗。宦官也不甘示弱，對太學生們發動了無情而殘酷的打擊。

在東漢桓、靈二帝時，宦官發動了兩次黨錮之禍，結果李膺和太學生多人遭到殺害，其家屬親戚及門生都受到禁錮。因為宦官的種種惡行，使得後人對太監深惡痛絕，於是心中的不平之氣，全都加在曹操的身上，例如：在羅貫中所寫的《三國演義》上，便大罵曹操是無恥宦者的後代。不過《三國演義》是野史小說，立論有偏差，不可驟然相信。

由上面的描述，我們大略可以知道曹操的身世背景。曹操的乾曾祖父曹節是一個種田的農人，具有宅心仁厚的長者風範；曹操的乾爺爺曹騰雖處於宦官跋扈的時代，可是他卻能拔擢後進；曹操的親生父親曹嵩也是才德兼備，位居將相。

曹操享年六十六（西元一五五～二二〇年），從出生到嚥下最後一口氣，他始終非常忙碌，好像有用不盡的精力，經常在外奔波。他似乎從未曾安定過，年輕時帶著軍隊南北轉戰，東奔西走地為事業而辛苦工作；到了風燭殘年的歲月，依舊要拚老命地四處討伐敵人，而無法享受含飴弄孫的清福。對於中國歷代的開國者來說，這位曹魏的開基人，實在是一個異數。

曹操小時候就非常聰明、機警，而且曉得如何通權達變。他的父親曹嵩在朝廷做了大官，家境富裕，所以他有能力過著那種放蕩不羈的俠士生活，整天無所事事，嗜好飛禽走獸，又不愛讀書，是標準的公子哥兒類型。他的叔叔看不慣他這種作風，就時常在他父親面前數落曹操，曹操知道這事情以後，就想出了一個辦法，以絕後患。

有一回，曹操在路上碰到他的叔叔，就假裝中風的模樣，扭著臉、歪著嘴，向他叔叔走去。他叔叔便問：

「你怎麼了，怎麼變成這種怪樣子？」

「我中風了！」曹操回答說。

曹操的叔叔見狀馬上告訴曹嵩，曹嵩驚嚇恐慌之餘，立即派人把他的寶貝兒子召回家，一看曹操好端端的並沒有中風，就問：

「你叔叔說你中風了，此事當真嗎？」

曹操答道：

「我本來就好端端的，哪有中風，全都因為叔叔一向看我討厭，所以才故意咒我中風。」

從這事以後，無論曹操的叔父如何數落他，曹嵩都不予理會，曹操的計謀得逞，此後更是無所忌憚為所欲為。

在《世說新語》中，也有幾則關於曹操少年時代的記載。

在《假譎》第二十七上說：曹操小時候，和袁紹兩個人都游手好閒，有一次相約去看人家辦喜事，乘機潛入主人家的園中。到了夜晚，曹操用調虎離山之計，大喊：

「有賊啊！有賊啊！」

等到喜宴裡的人都出來捉賊後，曹操就進入屋內，持刀劫持新娘，而後和袁紹一起潛出。但不巧袁紹被樹叢絆住，動彈不得。此時曹操靈機一動，又大聲嚷嚷：

「小偷在這裡！小偷在這裡！」

袁紹一聽這還得了，於是狗急跳牆，哪還在乎疼痛，拔腿疾奔，兩人最後終得逃脫。

從以上兩則事件，可以看出少年時代的曹操不但機智而且善用謀略，這種特性和他成就以後的事業有著密切的關係。

我們再由他另外的事蹟以更進一步瞭解他的性情。

袁紹少年時代，曾派刺客在晚上以劍擲殺曹操，但因擲得太低而未擊中，卻把曹操驚醒，他想下回必會擲高，因此就緊靠著床，顯然再擲又沒射中。或許因為有這一次的經驗，以後曹操告訴他的左右：

「在我睡覺的時候，千萬不可隨意接近我，否則我會在下意識的狀態下殺人，你們要謹慎小心才是。」

後來他曾假裝熟睡，當他的愛妾為他蓋上棉被時，曹操就把她給殺了。從此以後，下面的人再也不敢靠近。曹操好猜忌的性格在此顯露無遺，他以後時常殺人，或許和他這種不信任人的性格有關吧！

儘管曹操有機警聰明的性格，可是沒有任何作為，整天表現的全是紈袴子弟的作風，大家也不怎麼留意他，只有東漢末年的橋玄（有名的美人大喬、小喬的父親）及南陽人何顒認為他是一位奇才。有一回橋玄就對曹操說：

「我見過很多高人名士，但沒有一位能和你比！你應該好好把握自己的才能。天下將要大亂了，將來能夠治理國家、安內攘外的，非你莫屬。我已經老了，希望在我死後，你能替我照顧妻兒。」

或許就因為橋玄這一番話，打動了曹操的心，使他有所覺悟而奮發圖強。在二十歲那年，曹操被朝廷徵為孝廉，後來又曾作過洛陽北部尉、頓丘令（頓丘在今河北省）以及議郎（掌管議論之事）等官。

二十歲就出任洛陽北部尉的曹操，正是少年得志，初生之犢不畏虎。新官一上任，就想要整頓改革一番，於是製造許多五色棒，在縣門左右各放置十餘根，只要有犯法的人，不論親疏貴賤，一律亂棒打死。有一回，靈帝非常寵愛的小太監蹇碩的叔叔，晚上夜行觸犯法令，曹操哪管他有多大背景，下令把他活活打死。

從這以後，洛陽城裡的那些得寵權臣、貪官污吏，聞風喪膽，行為舉止都收斂了不少。他們對曹操既恨又怕，想盡方法要陷害曹操，可是又苦於抓不到把柄，於是只好假慈悲地推薦他，讓他作頓丘令，遠離政治權力中心，希望眼不見為淨。

曹操在當頓丘令期間，因為受堂妹夫濦彊侯宋奇的事件牽連而丟了烏紗帽。後來他又努力向學，復被召為議郎。

在他任議郎期間，大將軍竇武、太傅陳蕃計畫剷除宦官的勢力，事敗不成，竇武自殺，陳蕃為宦官所害。廷臣被牽連而族誅者數家，竇武及陳蕃的門生、故吏都遭禁錮。曹操因職責所在，上書給靈帝，說竇武等人是正直之士，現在朝廷小人當道，賢良忠臣反被阻隔於朝廷之外，請皇上不要親小人、遠賢臣，但靈帝都不予理會。以後政教日益敗壞，曹操知道無法再匡正，也就不再上書了。

靈帝末年，黃巾造反，曹操升為騎都尉，被任命前往潁川（在河南省）鎮壓黃巾賊。因為討平黃巾賊有功，又升為濟南國丞相。濟南國所轄的範圍大約有十幾個縣，官吏們大都是趨炎附勢、貪贓枉法之徒。曹操在上任後，大刀闊斧地淘汰不良人員，於是那些奸吏紛紛逃竄他郡。

曹操除了反對惡勢力外，對妖言惑眾及鋪張浪費的惡習也深惡痛絕。城陽景王劉章因早年對朝廷有功，所以在他的封地立祀。後來山東附近的郡縣群起效法，尤其濟南一地就蓋了六百餘座祠堂。又如當時有勢力的商人，竟然穿用像郡太守的車服，飲酒作樂，揮霍無度，競相奢侈浪費；而貧苦的百姓，卻窮無立錐之地。歷來的官吏始終不敢禁絕這種情形，曹操就任後，雷厲風行地搗毀祠堂，禁止官吏及人民祠祀，消除姦邪鬼神之事，此後再也沒有淫祠出現。濟南國這地方也從此政通人和。

曹操在任內表現優良，故而被徵作東郡（今河北省濮陽縣）太守，可是曹操依舊不滿權臣弄政，又不願阿諛諂媚、鑽營求進，為五斗米折腰。而且曹操又與弄權者有衝突，恐怕連累家人，所以不久就稱病辭官，急流勇退，回到故鄉過著自娛的家居生活。

從二十歲到三十三歲，曹操雖然作了十三年的官，但整體而言，他尚未進入政治的核心，只能算是地區性的人物。經過這幾年的奔走，曹操看到了一些政治上的黑暗面，親眼目睹靈帝時代黨錮之禍所引起的政治風暴，並曾親自率領軍隊討伐黃巾賊，在政治上也有一番作為。

回到譙縣隱居，前塵往事，歷歷如在眼前，浮現在他腦海中的該是如何為自己的前途打算，如何謀求出路，如何能在政壇上翻雲覆雨。在他退隱政界這段期間，是韜光養晦的充電期，也是曹操再出發的一個中繼點。

二、漢末風雲

就在曹操退隱期間，冀州（今河北省）刺史王芬、沛國周旌及曹操昔日的好友南陽（今河南省）許攸，召集陳蕃的兒子陳逸和江湖術士襄楷等一干英雄豪傑，聚集在王芬家中，圖謀廢掉靈帝，改立合肥侯。此時，術士襄楷就說：

「近日來，據我觀測天象的結果，發現大大不利於那些狗太監，現在正是剷除他們最好的機會。」

王芬堅定地說：

「假如真是如此，我願意一馬當先殺掉這些宦官。」

議定以後，他們邀請曹操加入這項行動。曹操在幾番思索後，回了一封信給王芬，信上說：

「廢立帝王是天下最不吉利的事。自古以來，只有伊尹和霍光有權能處理。他們兩個人之所以能成功，都是經過嚴密的計畫，周詳的準備，裡應外合的結果。你們只知道東施效顰，而不知此時非彼時。想想看，你們的軍隊和漢初七國的兵力相比較，哪一邊較強？合肥侯和劉濞等人相比，誰的身分地位較高？你們這種作法是很危險的啊！」

不出曹操所料，王芬等人的兵變果然失敗。

西元一八七到一八八這兩年間，東漢帝國的邊境地區發生了許多叛變。在金城（在甘肅省），有邊章、韓遂殺害刺史郡守叛變，聚集十餘萬人，搞得天下人心惶惶。此時，曹操又被徵召為典軍校尉。且又適逢靈帝駕崩，十四歲的太子辯繼位，是為少帝，因皇帝年少，乃由其母何太后執政。何太后的哥哥大將軍何進和袁紹素來勾結，兩人密謀誅殺宦官，但太后不同意。袁紹乃建議召四方勇士到洛陽以威脅太后，於是何進徵召駐守河東郡（今山西省夏縣）的董卓率兵來洛陽，但在董卓還未到京師時，京城就發生了巨變，宦官趁何進不備之際把他殺了。

曹操在聽到何進欲聯袁紹殺宦官時，就笑道：

「不法的宦官，古今都有，但人君也不該把權力交給他們，以至於落到今天的地步。擒賊先擒王，要殺首惡只要一個獄吏就夠了，何必要挾外自重，引召外人呢？這樣大動干戈，事情一定會洩漏，我看何進他們一定會失敗。」

很不幸的，又被他料中。

董卓到京師後，吸收何進的部眾，廢少帝為弘農王，改立獻帝。但董卓生性殘忍、濫用刑法，殘害無辜，並恣意搜括財寶，弄得京城大亂。

董卓有鑑於曹操的地位，想聯合他一起掌理國政，遂拜其為驍騎校尉；可是曹操不屑和董卓一起共事，於是改名換姓，逃回故里。而後曹操散盡家財在陳留（今河南省陳留縣）召兵買馬，又得到孝廉衛茲的幫助，共得五千名士兵，於西元一八九年（中平元年）起兵討伐董卓。

在曹操起兵的同時，四方豪傑如袁術、袁紹等人也紛紛組織軍隊，起義攻伐董卓。大家推舉袁紹為義軍盟主，曹操為奮武將軍。

董卓在聽到消息後，先殺袁紹宗族太傅袁隗、太僕袁基等數十人，又酖殺少帝，掠取寶物，同時把獻帝遷回長安，並火燒洛陽城，使得城內盡成廢墟，而他自己則留在洛陽畢圭苑中，準備對抗曹、袁聯軍。

袁紹等聯軍因懼怕董卓的實力，都不敢前進。只有曹操力勸袁紹，謂董卓已失人心，攻之定可成功。但將領們各有異心，陽奉陰違，不接受曹操的計謀。曹操只好獨鬥董卓，但終因寡不敵眾而敗，士兵死傷眾多，他本人也被流箭射中，所騎的馬也遭重創。幸好，他的堂弟曹洪把自己的馬給了曹操，曹操才得以逃走。

曹操退回聯軍大本營，見十餘萬官兵整天飲酒作樂，不圖進取；痛責眾人一番後，前往揚州募集士兵，共得四千餘人。然而在回北方途中，士兵又多背叛，最後僅得五百多人。

袁紹後來又想立劉虞為帝，但曹操拒絕合作。袁紹適巧得到一塊玉印，除了向曹操炫耀，並且派人告訴曹操：今天海內外就數我袁紹的兵力最強盛，而且我的兩個兒子袁譚、袁尚都已經成人，曹先生你想一想，天下群雄，誰能和我匹敵？可是曹操就不吃袁紹這一套，對袁紹來個相應不理。從此以後，曹操更加看不起袁紹，總是想要誅除他。

西元一九二年，殘暴的董卓終於死在自己的義子呂布及手下王允手中。此時，曹操得到鮑信等人的幫助，擴展自己的力量；同年，曹操在濟北對抗黃巾賊，身先士卒，運用奇計，結果以寡擊眾，打敗了強悍的黃巾賊。此役他虜得敵兵三十餘萬人，及男女一百多萬，曹操從這些人中，選擇其精銳者，組成了他的中堅軍力——「青州兵」。

曹操建立青州兵後，勢力漸盛，於是就想到要把在琅邪（今山東省）避難的父親接回同住。可是消息傳到曹操的敵人陶謙那裡，陶謙就捷足先登趕赴曹嵩家中。曹嵩以為是曹操的部下來接他，也沒有作好防禦準備；等到一見是陶謙，已經來不及了。於是陶謙先殺死曹操的弟弟曹德，曹嵩一看苗頭不對，拔腿就往後面的圍牆跑，他本想先讓妻子逃出牆門，偏偏太座身材太胖，剛好卡在門上，進出不得；兩人只好又往廁所逃，最後全家都遭毒手。

曹操聽到父親被害，發誓要報仇，後來發生的彭城大屠殺，即肇因於此。

張邈和曹操、袁紹本是老朋友，袁紹以家世著名（他的高祖父袁安曾作過司徒），張邈則以清名稱世，本來地位都比曹操高。可是後來，曹操卻爬到張邈的頭上，張邈心有不甘，再加上外人煽動，於是就聯絡呂布叛變。

這時，大部分的郡縣紛紛響應張邈等人，只有荀彧、程昱保住鄄城，並固守范、東阿兩縣。在外作戰的曹操一聽到叛變的消息，引軍而歸。呂布因久攻鄄城不克，於是屯兵濮陽。曹操得到這消息後，開懷地說：

「呂布一個上午就能攻下一大州，卻無法控制東平國，封住我回去必經的道路，而竟然屯兵在濮陽，我知道他差不多該完了。」

於是曹操率青州兵前往濮陽，抵達濮陽時，城內大族田氏見風轉舵，偷偷開啟城門讓曹軍入城，曹操入城後即火燒東門，表示不再從東門退出。

兩軍交戰，呂布先以騎兵向青州兵衝殺，青州兵四處奔竄，搞得曹操的陣勢動搖，因而全線崩潰。曹操只得從燒著熊熊烈火的東門城破火門而出，倉皇中從馬背上摔了下來，左手掌並被烈火燒傷。曹操回營後，立刻親自勞軍，激勵士氣，又命令士兵趕製攻城武器，準備再次進攻濮陽。此後，雙方僵持了一百多天，剛好碰到蝗蟲肆虐，民間鬧饑荒，呂布的軍糧也吃光了，才各自帶兵離開濮陽。

九月，呂布在乘氏（在山東省）遭乘氏縣人李進擊敗，於是向東屯駐山陽。這時袁紹派人欲說服曹操與之結盟，曹操因兗州被占，軍糧也告用盡，故頗為心動，但終因程昱的勸告而放棄。十月，曹操到東阿城，這年一斛米高達五十多萬錢，民間饑荒已到了「人相食」的地步，曹操不得已，只好裁掉新招募的官員和兵士。

西元一九五年春天，曹操偷襲呂布屯軍的鄰城定陶（今山東省定陶縣），濟陰太守棄城逃往保南城，曹操尾隨而至；呂布果然率軍來援，曹操將之擊敗，一切全在算計之中。夏天，呂布決定分兵屯防，遣其將薛蘭、李封駐守鉅野（今山東省鉅野縣）。曹操進兵鉅野，呂布來救又被擊敗，薛、李的部隊全軍覆沒，呂布逃走，曹操殺掉薛蘭等人。

呂布迅速從東緡（今山東省金鄉縣）重新整編部隊，反攻曹操。他復原之快，頗出曹操意料，此時曹操的部眾大都四出尋找糧食，剩下的官兵不滿千人，軍營中大唱空城計，憑著這一點兵力絕無法和呂布的大軍匹敵。好在曹操機智過人，他下令婦女固守軍營，將不滿千人的軍隊全部亮出營外。呂布勘察地形後，發現曹操屯營西邊有一大隄，南邊是一座幽深的樹林，於是判斷必有伏兵，為謹慎起見，退回距曹營南方十餘里處。隔日，呂布又來，此時曹操已經召回不少人馬。曹操把一半兵力隱藏於隄下，隄上僅配置一半軍力，呂布命輕騎先打頭陣，衝到隄上時，隄下伏兵紛紛出擊，出其不意，曹操步騎並進，直追到呂布紮營處才回來。

呂布連夜逃走，曹操再度攻拔定陶，然後分兵平定諸縣。呂布、張邈東走投奔劉備，張邈的家族由其弟張超護送到雍丘（今河南省杞縣），曹操移兵圍攻雍丘，五個月後，城破，張超自殺，曹操滅張邈三族。張邈得到消息，即前往袁術處討救兵，後為他的部下殺死。淪陷一年多的兗州，曹操再度光復。

董卓被呂布殺害後，長安大亂，獻帝東走，但行經曹陽（今河南陝縣）時，遭亂兵伏擊，獻帝本想向北渡河，這時，掌管天文星象的侍中太史令王立勸告獻帝：

「從去年春天以來，金星和土星相沖，炫惑人心，且又在北方逆亂，皇上你千萬不可向北邊去。」

於是獻帝改變主意，南下經軹關（今河南省濟源縣）東走，到達安邑（今山西省安邑縣）。

中國每逢亂世，往往有各種武裝團體成立，而只要稍具歷史知識者，都會盡量替自己的作為找藉口，以便收攬人心。如項羽抗秦，即立楚國後裔心為懷王，而後來楚漢相爭，劉邦亦以為楚懷王復仇為藉口；這類事情在各朝末葉屢見不鮮。同樣的手段，在此時也有人紛紛提出。

派人殺害曹操父親的陶謙，即聽從手下幕僚的建議，曾遣使往長安向獻帝輸誠，西元一九四年，並和北海相孔融計議，準備迎接皇帝還都洛陽，但終因曹操的來襲而作罷。

在袁紹的陣營中，沮授也勸袁紹：

「今天中央被迫遷到長安，皇室祖廟遭到破壞。看看全國各地方政府，表面上都有起兵的理由，骨子裡是想征服他人，根本不存保衛聖上及照顧百姓的心。反過來看我們自己，應該迎立皇上大駕，把他安頓在我們這邊，到時候我們就可以挾天子以令諸侯，養精蓄銳來攻伐不遵守臣節的人，如此一來，天下非我們莫屬了。」

袁紹本想採納沮授的意見，但郭圖、淳于瓊兩人反對，他們認為把皇上請在身邊，凡事都要請示他，礙手礙腳，不利行事。沮授加以辯駁，認為能夠得到皇帝，就有正大的名義，棄此大好時機，恐怕會有人捷足先登；但袁紹終究還是沒有採納沮授的諫言。

在曹操任兗州刺史時，幕僚中有位叫毛玠的，就曾向曹操進言說：

「如今天下分崩離析，獻帝到處遷徙，生民塗炭，全國民眾幾乎都不從事生產工作，社會到處是饑荒，百姓四處流亡。再以我們兗州來看吧！公家糧食不夠一年之用，外面的民心相當浮躁，這樣下去，恐怕很難長期維持。今日，雖然袁紹、劉表兵多將廣，可是都沒有宏遠的計畫，不能算是樹立根本、建立基礎的人物。自古以來，和人作戰，就是要師出有名才會勝利，有足夠的物質才可以守住地盤。最好擁護皇上來約束那些不服調度的臣子，以及從事事業生產和貯蓄軍需物質，唯有如此，才可以完成霸王事業。」

曹操立刻接受了毛玠的建議，準備一有機會就迎接獻帝。毛玠這一番話此後成為曹操行動的最高指導原則，開拓了曹操的霸業，但也限制了曹操的作為。

西元一九六年，曹操屯軍武平（今河南省鹿邑縣），得知韓暹、楊奉等人挾持獻帝正往洛陽而去，現正駐紮安邑，於是準備前往迎接獻帝。將領中有人反對，荀彧與程昱則力表贊同。荀彧勸曹操說：

「以前晉文公奉周襄王而諸侯推他為霸王，高祖以項羽殺害義帝（就是楚懷王心）出兵討伐，普天下的人心都歸向高祖。自從獻帝流亡長安，曹先生你首唱高舉義兵，但以山東一地秩序未能恢復，一時無法開往關中；不過仍不時派遣將領排除萬難去向皇上請安，雖然在外不斷東征西討，可是仍然一心向著王室，平定全國乃是將軍一向的志願啊！今天皇上車駕東返，義士們都有維護根本的決心，百姓們更是念舊。這時候，把握良機擁護皇帝來順從民望，這是大順；秉持大公來降服各路豪傑，這是大略；堅持大義來招致人才，這是大德；縱使天下還有叛亂團體，也難不倒咱們，這是極明顯的事啊！韓暹、楊奉哪敢惹是生非呢？要是不及時定奪大計，讓別人搶先一步才來打算，就太遲了。」

曹操在衡量利弊得失後，立即遣曹洪去迎接漢獻帝。但途中有董承和袁術的大將萇奴據守要害，曹洪無法通過，迎帝之舉遂告失敗。

同年二月，汝南（今河南省及安徽省等地）、潁川兩郡的黃巾黨數萬人，分別由何儀、劉辟、黃邵、何曼等人率領，攻打曹操；曹操先殺劉辟、黃邵兩批人，其餘皆告投降。此時獻帝派人送來一張建德將軍的任命書，同年夏天六月，又升為鎮東將軍，且封為費亭侯。這代表安邑流亡政府已曉得曹操的力量不可輕視，為減輕壓力乃故意籠絡他。

這年七月，楊奉、韓暹偕同皇帝回到洛陽故都，楊奉另帶部眾駐紮梁城（今河南省汝縣西四十里）。曹操獲此消息，遂帶兵趕往洛陽，逐走韓暹。八月，曹操把獻帝遷到許都，獻帝又任命他為大將軍，封武平侯，此後，曹操「挾天子以令諸侯」，可算是朝廷的實際領導者。

連年的戰亂，早使各地的農田休耕，但在各地征戰的士兵們，又不能一日無糧，這種因糧食不足、士兵流離瓦解，結果不攻自破的情形不可勝數。即使當時北方勢力最雄厚的袁紹，他所率領的軍隊也得「仰食桑椹」，江淮的袁術軍隊亦「民人相食，州里蕭條」，而以河中的貝類為食。

面對這種缺糧的困境，再加上幕僚毛玠的勸說，西元一九六年，曹操將獻帝遷往許都。他認為此時當務之急莫過於儲存軍糧，於是仿漢武帝屯田西域的作法，在許都四周實施屯田政策；結果短短的一年時間，就有糧食一百萬斛的成績。由於施行成功，曹操在第二年，便將屯田制度擴展到他所統治的其他州郡，也都有豐富的收穫。

這一套屯田政策，為曹操日後的事業打下了穩固的基礎，它不僅解決了軍糧輾轉運輸的不便，更使軍隊對敵作戰時無後顧之憂；另一方面，也對民生的安定作了最大的貢獻。曹操後來之所以能夠消滅袁紹等人，統一北方，屯田政策實有很大的功勞。

清人王夫之在《讀通鑑論》中，就評論曹操的屯田有六大優點：

一、大量儲存糧草，達到戰不廢耕，耕不廢守，守不廢戰。

二、屯田的吏士視所屯之處為自己的樂土，日夜匪懈地死守著。

三、士兵把家眷帶在身旁，可以產生安定的作用。由於以屯田安其家室，故可出而戰，歸而息。

四、吏兵也從事於耕，兵民極易產生水乳交融的感情，就是境外之民也易親附。

五、軍隊可以久屯於邊境，武器得以隨時修補，就算突然遇到戰事，也可立即動員。

六、勝則進，退則守，不至於發生敗亂而起內訌。

三、統一北方

曹操和獻帝到許都後，並不表示政府已經安定下來，曹操所面對的敵人依然環伺左右，無論南方、北方，都還有許多對手，有待他去征服。率土分崩的獻帝末年，到處充滿著割據勢力。當時最大的割據勢力，首推雄踞河北的袁紹和幽州的公孫瓚，兩大勢力經常發生衝突，爭鬥不已。

面對這些割據勢力，曹操和袁紹都採取遠交近攻的戰略。曹操先曲意籠絡北方的馬騰、韓遂、張魯、袁紹及南方的孫策，而傾全力攻擊袁術、呂布、張繡；袁紹則遠交劉表，近攻公孫瓚。在官渡（今河南中牟縣東北）之戰前，雙方都盡量避免正式衝突。

西元一九九年（建安四年），袁術病死壽春（今安徽省壽縣），張繡投降曹操；至此，曹操大體肅清黃河以南的割據勢力，而袁紹也於此年在易京（今河北省雄縣西北）消滅了公孫瓚。此時袁紹的勢力龐大，共據有冀、幽、并、青四州；土地、人力各方面都優於曹操。也是從這年以後，雙方正式發生衝突。

總計從董卓帶兵進入首都洛陽（西元一八九年），到曹操、袁紹分別討平其他軍閥（西元一九九年），在長達十年的群雄爭霸賽中，北方的中國只剩下曹操和袁紹這兩支集團軍。

建安五年元月，董承等人聯結劉備，計畫要誅除曹操，奪取許昌。不幸，事機敗露，董承及其同謀者都被逮捕，夷滅三族。

這時候，曹操突然決定先向東討平劉備，再回來對付袁紹。有人認為此事不妥，向他諫阻：

「今天有足夠力量和你奪天下者，就數袁紹一人。現在他虎視眈眈地想消滅你，而你卻棄之不顧向東征伐劉備。萬一他乘虛而入，那該如何是好？」

曹操瞭解袁紹優柔寡斷的性情，他充滿自信地說：

「劉備是人中豪傑，今天若不消滅他，將來必定後患無窮；而袁紹雖然胸懷大志，可是遇事不能當機立斷，他一定不會有所行動。」

於是曹操放心地帶著軍隊去攻打劉備。

劉備這方面，他認為曹操和袁紹劍拔弩張，大戰一觸即發，因而斷定曹操必然不會來攻。所以當斥候來報，曹操已經大軍壓境，劉備兀自不肯相信，親率數十名騎兵查探究竟，一看前方塵土飛揚，旌旗遮天，大驚之下，顧不得妻小兒女及關羽等大將，獨自向北投降袁紹。

曹操東討劉備的戰役非常順利，此役他俘虜了劉備的大將關羽，凱旋回師官渡。河北這方面，袁紹的大將紛紛建議袁紹出兵夾擊曹操，他的首席參謀田豐說：

「曹操和劉備兩軍大戰方酣，一時之間戰鬥無法結束，我軍從背後襲擊曹軍，定可一舉成功。」

果然不出曹操所料，袁紹無法當機立斷，以兒子生病為由拒絕出兵，田豐氣得拿起枴杖猛擊地上說：

「哎呀！遇到這種千載難逢的機會，竟然以兒子生病為理由不去把握，可惜啊！大勢已去了！」

曹操還師官渡後，袁紹才計議攻打許都，但田豐認為曹操現在已有足夠的軍事力量，不可輕舉妄動。他力勸袁紹：

「曹操既已打敗劉備，如今許都不再空虛。而且他善於用兵，策略千變萬化，兵士雖少，但絕不可輕視，為今之計，最好和他進行持久戰。將軍所占之地勢險要，又擁有四州的廣土眾民，如果外結英雄，內修農戰，再乘機侵擾河南，使曹軍疲於奔命，不用三年，定可完成大業。而今你卻要決成敗於一役，若不順利，恐將後悔莫及。」

袁紹卻又不聽田豐的意見，並以擾亂軍心的罪名逮捕他。

而後袁紹令陳琳寫了一篇洋洋灑灑的檄文，大罵曹操的種種罪行，並在建安五年二月進軍黎陽（今河南省濬縣東北），開始長達九個月的拉鋸戰。

袁紹一面向黎陽進軍，另外派遣郭圖、顏良及淳于瓊等大將從白馬津（今河南省滑縣西北）攻打曹軍劉延的部隊。同年四月，曹操聞知劉延有危險，準備親自前往援助。曹操的參謀長荀攸向他獻計道：

「我軍軍力不敵袁紹，所以一定要分散袁軍的力量。您可以把大軍集中到延津（今河南省延津縣北），裝作要渡河，袁紹一定會向西推進。然後再率領輕騎前往白馬解圍。」

曹操這招「聲東擊西」的欺敵之計果然奏效，袁紹中了圈套之後，曹操立即率領關羽等人飛奔前往白馬。走到距離白馬約十餘里的地方被顏良發現，曹操派關羽、張遼兩人為先鋒領兵迎擊。關羽眼明手快，一見顏良立刻策馬前進，衝入敵陣，在亂軍之中砍下顏良的首級。顏良一死，袁軍土崩瓦解，四處流竄，白馬之圍遂解。

關羽本是劉備大將，兩人義結金蘭，自從被曹操俘虜後，雖深受曹操的器重，但他總是鬱鬱寡歡，愁眉深鎖。曹操瞭解關羽的為人，察覺他沒有久留的打算，就派他的好友張遼去試探他，關羽嘆道：

「我知道曹先生待我不薄，然而我受恩於劉將軍，曾經誓死以報，我終不能久留於此，但要報答曹先生的恩德而後去！」

白馬之役後，曹操特別獎賞關羽，並封他為壽亭侯，希望能留住他；但關羽把贈物原封不動歸還，留書投奔在袁軍的劉備而去。

在袁紹率軍渡黃河時，他的大將沮授曾勸他說：

「勝負變化，不可不仔細。現在最好留屯延津，分兵官渡。如此進可攻，退可守。」

但袁紹不聽，沮授憤而辭戰。等到袁紹中計渡河，一聽顏良已被斬殺，立即派劉備和文醜率領五、六千名騎兵前往追擊曹操。此時曹操已經解了白馬之圍，正帶兵回延津，在距延津不遠處一個叫南阪的小土丘，兩軍相遇。曹操派探子去探查袁軍的動靜，探子回報：

「大略有五、六百名騎兵。」

稍後，又報：

「騎兵又有增加，而步兵更多，無法估計。」

曹操下令不要再探。這時由白馬城撤退的百姓正好趕到，眾將都認為讓這支隊伍退回營區，以免遭到袁軍的襲擊。只有參謀長荀攸笑道：

「這是釣餌，怎麼可以丟棄呢？」

原來這是曹操的誘敵之計，藉著這支有輜重的隊伍，引誘袁軍上前掠奪，讓他們來個陣前大亂。

等到劉備和文醜的軍隊到達南阪時，諸將又紛紛要求上馬迎擊。曹操胸有成竹地說：

「時候還未到。」

不久，騎兵更多，有些騎兵看到財物，耐不住性子紛紛上前搶奪，曹操一看到袁軍已亂才下令攻擊，雖然曹操軍隊還不及六百名，可是就憑著這些人奮勇殺敵，最後竟然大破袁紹的大軍，大將文醜戰死沙場。

曹操打敗袁紹的騎兵後，調師駐屯官渡，袁紹也追到距官渡北方十里的陽武城（今河南省陽武縣），此後雙方由七月到十月，展開了一百多天的對峙。

從二月到七月，雙方的混戰已經進行了一百多天，地窄人稀的曹操，軍力已漸感不足，這時袁紹的大將沮授力勸袁紹：

「北軍雖然人多勢眾，但作戰的勁道不如南軍，南軍作戰時爆發力強，但糧食少，軍需物資不如北軍，所以南軍利於速戰，北軍利於消耗戰。唯今之計適宜持久戰，以時間換空間，拖垮曹軍。」

沮授的建議，觀點非常正確，可惜袁紹求勝心切，未予採納，以致種下敗因。

兩軍在官渡發生激戰，袁紹曾全軍移壘逼近曹營，曹軍因人數少而小負，退回官渡堡壘堅壁自守。此後，不管袁軍如何挑釁，曹操皆相應不理。於是袁軍製造了許多沒有屋頂的高樓，又堆砌了土山，從高樓和土山上面，以居高臨下之勢對曹營俯射。曹操也不甘示弱，製造了一種特殊的車子，把袁紹的高樓一一擊垮，袁軍稱之為「霹靂車」。袁軍又想用地道偷襲曹軍，但曹操也派人挖了一條長塹抵抗，迫使袁紹又不得不放棄地道戰。

曹操實力有限，無法負擔長時間的作戰消耗，糧食將盡，士卒疲乏，許多百姓也因不堪長期戰爭的蹂躪，紛紛響應袁紹。同時，袁紹又派劉備到汝南策動河南百姓，汝南是袁紹的故鄉，其中以黃巾劉辟的黨徒聲勢最大，和劉備聯手從南面抄襲曹操的後方。

曹操腹背受敵，兵士紛紛逃走，他實在身心俱疲，招架乏力，於是寫了一封信給許都留守荀彧，提議撤兵回許。荀彧回信道：

「袁紹領軍駐紮官渡，想和你一決勝負。你以至弱對抗至強，若無法克敵，必定為袁紹所併，現在是你一生中最緊要的關頭。況且今天糧食雖少，也還不至於像楚漢相爭於滎陽、成皋那種地步。當時劉邦、項羽誰都不肯先退，因為先退的形勢必然大為不利。曹公以不及袁紹十分之一的兵力，已經掐著他的咽喉抵抗了半年之久，眼看敵消我長，情勢將有轉機，這正是要出奇制勝的時刻，千萬不可錯失機會！」

曹操看了荀彧的信，馬上打消了退守的念頭，積極應戰。

曹操探知袁紹的運糧計畫，就接受參謀荀攸的建議，派徐晃等人不斷燒毀袁軍的糧食。袁紹認為軍糧不可再毀，乃命令淳于瓊領兵萬餘往北方護糧，糧隊駐紮在離開袁營約四十里處的烏巢（今河南省延津縣）。袁紹的謀臣許攸料定此時許都必然空虛，乃向袁紹建議，趁著曹操的重兵在前，許都空虛之時，連夜攻取許都，再奉迎獻帝以討曹操，曹操必將手到擒來；可是袁紹求功心切，新仇舊恨湧上心頭，回絕許攸：

「我要先擒曹操為快！何用多此一舉。」

後來許攸的家屬在鄴城犯法，遭留守審配捉拿入獄。許攸本人又貪得無厭，於是陣前倒向曹操。許攸的反叛對袁紹是一大打擊，這使得雙方形勢即刻逆轉。

苦無對策的曹操，一聽許攸來降，興奮地光著腳丫，親自迎接，並拍手大笑：

「子遠卿遠來，我勝利了！」

許攸問：

「袁紹兵強馬壯，軍容浩大，你如何對付呢？現在有多少糧食呢？」

曹操回答：

「差不多可撐一年。」

許攸說：

「不是！不是！請據實回答！」

曹操開口：

「大約半年吧！」

許攸有責備之意，說道：

「曹先生難道不想打敗袁紹嗎？怎麼不說實話呢？」

曹操終於說出真相：

「剛才的話全是戲言，其實頂多只能支持一個月，子遠卿認為如何是好？」

許攸充滿自信地說：

「曹公孤軍獨守，外無救援且糧食將盡，這不是很危險嗎？袁紹現在有一萬多輛載滿輜重的車停在烏巢，軍紀非常鬆弛，如果以輕騎偷襲，趁其不備，燒毀糧食，不出三天，袁紹必定不戰自敗。」

曹操大喜，決依計行事，留下曹洪、荀攸守住軍營，自己率領五千步兵、騎兵，換上袁軍的旗幟服飾，兵士銜枚，馬匹戴上口罩，每人手上抱薪，趁夜急行，冒險通過袁軍防地，遇有哨兵盤問，便說：

「袁公擔心曹操從後抄襲，所以派本隊支援。」

哨兵們信以為真，就放曹軍通過。到達烏巢後，立即包圍營區，放火大燒袁營，霎時營中一片火海，袁軍陣腳大亂，士兵四處狂奔。淳于瓊半夜驚醒，倉卒之中勉強應戰。此役，淳于瓊的士兵當場斃命千餘人，本人也被活捉。曹操下令割下淳于瓊及投降士兵的鼻子和牛馬的舌頭，亮給袁紹的救兵看，以瓦解他們的士氣。

當袁紹得知曹操襲擊淳于瓊的軍隊時，對他的兒子袁譚說：

「就讓曹操攻破淳于瓊吧！我現在去攻打他的官渡本營，讓他無處可歸！」

於是下令張郃、高覽攻打官渡。張郃道：

「曹操傾全力攻淳于瓊，必定打垮淳于瓊，瓊軍一破，軍糧被劫，則大勢去矣！我們應先派兵支援烏巢。」

可是郭圖卻和張郃大唱反調，力促袁紹進攻曹營。最後袁紹還是令張郃、高覽進攻官渡，另外派遣一支小隊伍支援淳于瓊。

曹操事先已把在官渡的營區部署得非常穩固，所以張郃等人久攻不下，加上郭圖又在袁紹面前詆毀張郃，張郃一怒之下，就和高覽兩人一起投降曹操。袁軍一聽淳于瓊和張郃兩線都遭失敗，軍心大潰，全線瓦解，袁紹和袁譚帶著八百名騎兵渡河逃回北方。官渡之戰至此結束。

此役，曹操擄獲了不少軍用物資、圖書、珍寶，前後坑殺了七萬餘人，擊殺袁紹的將領八人。

戰後，曹操從袁紹營中發現一大堆許都官員和袁紹私通的信件，所有人都認為這下不知有多少人要死於非命；然而曹操只是輕描淡寫地說：「就算是我處在這種情況下，也會做出相同的事。」並立刻把所有信件燒毀。

官渡之戰，曹操以不滿萬人的實力擊敗了袁紹的十萬大軍，絕非出於僥倖。分析此役雙方勝負的關鍵，有下列幾點。

就袁紹而言：

一、當曹操東伐劉備時，袁紹沒有把握機會，和劉備聯手夾擊曹操，因而使曹操得以坐大。

二、袁紹操之過急，不能利用本身擁有豐富資源的優勢，和曹操打堅壁清野的持久戰，反而打不利於己的速決戰。

三、袁紹能憑威望號召群雄，可是他卻剛愎自用，無法知人善任，不能虛心接受部屬的建議，以致坐失許多良機。

就曹操來說：

一、選擇官渡為戰場。從袁紹的大本營（鄴城）到官渡最少也需二十天的行程，這使得袁紹的補給發生困難，我們從袁紹的運糧部隊屢遭曹軍突襲就可看出。

二、袁紹大將許攸陣前倒戈，向曹操輸誠，給予曹操很大的幫助。由於他的情報，使山窮水盡的曹操適時偷襲袁紹的補給部隊，瓦解袁軍的士氣。

三、曹操本身的戰略思想，使他在幾次的戰役中始終臨危不亂，克敵制勝。

官渡之戰袁紹雖被曹操打敗，可是在北方袁紹仍保有相當大的勢力，同時劉備也在南方興起，並在汝南地區建立了游擊陣地，且獲得當地民眾的支持，擊敗曹操的軍隊。因此官渡戰後的北方，還是曹家、袁家兩大勢力的對抗局面。

但袁紹由於禁不起官渡戰敗的挫折，積憂成疾，西元二〇二年（建安七年）終於黯然地離開人世。袁紹去世後，他的兩個兒子（袁譚和袁尚）卻為了爭奪權力而大動干戈，致使袁家力量大衰。曹操趁此機會加以討伐，經過長達五年的拉鋸戰，曹操終於獲勝；袁譚被殺，袁尚則在投奔遼東時遭人殺害。至此（西元二〇七年），北方大致為曹操所統一。

西元二〇七年（建安十二年），曹操率領大將朝烏桓的地盤前進。烏桓是中國北方邊境一支強大的異族，領袖名叫蹋頓，和袁紹有很好的交情，正因如此，袁尚才投奔烏桓；但這也給了曹操征討烏桓的藉口。同時，曹操也打算先解決北方邊境問題，再南下平定劉備等南方勢力。結果，柳城（今河北省昌黎縣西）一役，曹操的軍隊把烏桓兵打得落花流水，並殺了蹋頓。曹操把投降的一部分烏桓兵移往內地，施以軍事訓練，組成遠近馳名的烏桓騎兵。

建安十三年（西元二〇八年），曹操恰好五十四歲。這一年正月，曹操從北方寒冷的邊境凱旋回到溫暖的南方故土，漢獻帝也正式任命曹操為丞相，並由曹操獨攬漢朝的政權。雖然這項任命只是錦上添花，可是也給了曹操一個名正言順的地位。同年十一月，在中國長江中游的一個小地方——赤壁（今湖北省嘉魚縣東北），發生了一場決定日後三國鼎立的戰爭——赤壁之戰。

四、赤壁之戰

西元二〇八年（建安十三年）元月，在打敗北方的強敵烏桓後，曹操率領大軍及一支剛俘虜的烏桓騎兵榮歸鄴城。在官渡之役後，經過了幾年的征討，北方大致已由曹操統一。

凱旋回歸的曹操，並非從此可以高枕無憂，他急於在他有生之年（他已五十四歲了）完成統一中國的心願。於是他下令在鄴城挖掘一個可以操練水軍的湖，名為玄武池。在池中，他夜以繼日地訓練水師，以求日後一旦和孫權等人遭遇時，能夠克敵制勝。曹操深切地瞭解，要統一中國，這一場大戰是無法避免的。

七月間，曹操頒下總動員令，調集中原十幾萬大軍，由他親自領軍出發南征，目標是劉表的荊州（今兩湖一帶）。

劉表，字景升，是劉漢的遠房親戚，因為沾了一點劉氏的裙帶關係，所以被推為荊州牧。劉表的確也有良好的治績，將他的轄區統治得有條不紊，物阜民安，可算得上是世外桃源。但是劉表本人心多疑忌，不能知人善任（如西元二〇一年劉備投靠他，他知其才能而不用）。而且他既無前瞻性，也無遠大志向，當中原紛擾不已之際，只曉得保境安民，平白失去許多開疆拓土的良機，因此時人稱他為「平世三公子」。資源的豐富加上劉表的個性，使得軍閥們個個垂涎欲滴，莫不認為取「荊州」乃併天下之根本。

當曹操大軍還在南征的途中，劉表就嚇得吐血而亡。劉表有兩個兒子，大兒子劉琦，小兒子劉琮。因為劉琮娶了劉表繼室蔡氏的姪女，所以很得劉表的疼愛，再加上蔡瑁（蔡氏的弟弟）、張允（蔡氏的外甥）在劉表面前詆毀劉琦，因此兩兄弟的感情非常惡劣。人單勢孤的劉琦不得已乃接受了諸葛亮的建議，自願外放為江夏（今湖南省雲夢縣東南）太守。劉表去世後，劉琮在張允、蔡瑁等人的簇擁下，順理成章地登上了荊州牧的寶座。

甫上任的劉琮，懷著一股初生之犢不畏虎的衝勁，想要結交劉備，對抗曹操，來展示一下自己的實力。可是他的手下大將蒯越、傅巽等人紛紛力諫劉琮最好稱臣請降，意氣風發的劉琮不悅地說：

「今天和諸位先生占據全楚（按：荊州是戰國時代楚之屬地），守著先君之地，以觀看天下的變化，有什麼不可做的呢？」

傅巽心想，劉琮這小子可能還不曉得曹操的威力及殺戮之殘酷，想抵抗他簡直是以卵擊石。於是趕忙說：

「順逆有固定的秩序，強弱有一定的趨勢。您為人臣而抗拒人主，這是大逆不道；以新建立的楚地抵禦國家，氣勢必定薄弱；要借用劉備對抗曹操（按：當時劉備客居荊州），也是不當。三者皆錯，而想要抗爭曹操王師的鋒芒，一定會招致覆亡。將軍想一想，您和劉備相比孰優孰劣？」

劉琮低頭沈思良久方說：

「我不如他。」

傅巽接著說：

「這就對了！以劉備的實力都無法和曹公抗衡（按：未戰之前，就稱呼敵人曹公，劉琮內心的滋味一定不好受），則雖然保有楚這塊地方，也不足以自存；就算劉備的力量真的強大到足以抵禦曹公，則劉備也不願意屈居在將軍之下啊！希望將軍不要再遲疑了。」

劉琮被澆了一盆冷水之後，果然打消念頭，態度為之一變，在曹操大軍攻入襄陽以前，就立刻派人趕到曹軍的駐紮地新野（今湖南省新野），雙手奉上荊州這塊大肥肉。曹操大喜過望，但仍猶豫是否要接受獻禮，在參謀婁圭的勸告下，才欣然收下這份厚禮。曹操也相當大方，在進軍荊州後，立即任命劉琮為青州（在今山東省）刺史，並授予爵位，他的手下大臣十五人也沾他的光，一同封侯做大官。

曹操竟然不費一兵一卒就輕易奪得頭彩，算得上是旗開得勝，此役最大的收穫是他得了劉琮七、八萬的水軍，給不善水戰的曹軍增加了很大的力量。並且曹軍占領了長江中游的險要據點；由荊州，曹軍可直接順流而下攻擊在下游的孫權。

這時候，劉備屯駐在樊城（今湖北省襄陽縣北），事先沒料到劉琮會如此膽怯，居然不戰而降，等到發現事有蹊蹺時，曹操的大軍已攻至距樊城不遠的宛城（今湖北省荊門縣南）。毫無準備的劉備大為驚駭，氣急敗壞地指著他的大將宋忠說：

「你們這些人消息如此不靈光，如今大禍臨頭了！」

接著拔出佩刀指向宋忠說：

「現在就算砍掉你的腦袋，也無法消除我的憤怒，況且大丈夫也不肯臨別時殺你們這些人！」

於是就下令驅逐宋忠。

接著，劉備立刻召開緊急會議，席中有人建議劉備帶兵攻劉琮取荊州以自保，劉備想到當他落難於荊州時，劉表對他的情深義重，以及劉表在臨終時所託付給他的遺言，他斷然拒絕這項計畫。

在幾番商議後，劉備倉卒地帶著部眾，趕緊渡過漢水，經過襄陽城向長江下游急奔。

在經過襄陽城時，劉備軍隊大呼劉琮，劉琮心虛不敢會見劉備；但是荊州百姓慕劉備的仁德，不少人紛紛歸順他，和他一道走。臨走前，劉備到劉表墳前又使出他的看家本領，大哭一場。

劉備的哭是出了名的，他善哭，而且能哭得令人死心塌地地為他效命，遇到了無法解決的難題，他痛哭一番後，事情立刻就有轉機，所以有俗語說：「劉備的江山是哭出來的。」他之所以善哭，可能和他經常四處寄人籬下，看人臉色的遭遇有關。而在亂世中想苟活性命，甚至據地稱雄，除了像曹操這種「寧負天下人」的個性外，劉備的苦肉計也是另一種生存之道。

劉備的部隊由襄陽走到當陽（今湖北省當陽縣），一路上慕名投靠他的人已聚集了十幾萬，輜重數千輛，一天才走十餘里路，劉備心想：若是依照這種行軍速度，恐怕曹軍不久就會追上。於是劉備派關羽率數百艘戰艦由水路出發，先行馳往江陵（今湖北省江陵縣），自己則帶難民由陸路趕往江陵會合。有人勸劉備說：

「應該迅速走保江陵，現在雖然擁有大眾，但是披甲的戰士不多，若是讓曹軍趕上，用什麼來抵抗呢？」

劉備長長嘆了一口氣說：

「啊！要做大事業的人就必須以人為本，今天百姓慕名而歸順於我，我怎忍心丟棄他們呢？」

在曹操這方面，認為江陵糧儲軍械樣樣充足，恐怕劉備先行一步占為己有，於是卸下輜重隊伍，由新野率領輕騎趕往襄陽，得知劉備已先走一步後，馬不停蹄地再領五千精銳騎兵強行軍，在一天一夜中飛奔了三百餘里，終於在襄陽的長坂坡攔截到劉備的部隊。此時的劉備，哪還顧得著妻子兒女，立刻和諸葛亮、張飛及趙雲領著幾十名騎兵逃命。

為了安全護駕劉備逃亡，張飛帶了二十名騎兵殿後抵抗曹軍，張飛事先已經把長坂坡旁邊一座渡河的橋截斷，以堵住曹操的追兵，並且在那裡等候曹軍。待曹軍一來，在河對岸的張飛立即橫眉豎目，橫矛在胸，大聲吼道：

「本人就是張翼德，有種的，就過來決一生死！」

曹軍一時懾於張飛的聲威，也不敢冒險渡河。張飛以時間換取空間的拖延戰術奏效，成功地掩護劉備撤退。中途劉備剛好遇到關羽的水軍，眾人登船順游南下，在路上又碰到江夏太守劉琦所率領的一萬餘軍隊，雙方乃一同前往夏口（今湖北省武昌縣西）。

在逃亡過程中，有人發現大將趙子龍不見蹤影，就向劉備說，趙雲已向北方逃走；但劉備一聽馬上把武器重重地摔在地上說：

「子龍一定不會在此時此刻棄我而去！」

不出劉備所料，稍後，趙子龍滿身是血，帶著劉備的夫人和寶貝兒子阿斗跟了上來。

在東吳孫權這方面，早在八月，劉表剛去世的時候，魯肅就曾大力向孫權建議：「荊州的邊境和我國相互連接，江山險固，沃野萬里，士民殷富，假如能據為己有，當可成為建立帝業的基本。今天劉表剛亡，兩個兒子又互相猜忌，軍中諸將各懷鬼胎。劉備此人乃天下梟雄，以前曾經和曹操結過梁子，現正寄居荊州，劉表嫉妒他的才能而不願重用他。假如劉備和荊州百姓彼此相互幫助，同心協力，最好安撫他們，跟他們結盟，若是上下離心離德，就應該另圖他法來幫助大事的進行。肅請將軍派我前往荊州去弔問劉表的兩個兒子，慰問軍中當權的人物，並說服劉備去安撫劉表的百姓，同心一意共抵曹操，劉備必然欣喜接受。如果真如我們所願，那克復天下就指日可待了！今天若不及早行動，恐怕曹操會捷足先登。」

孫權深表贊同，即派他前往荊州。

魯肅帶著孫權的命令來到夏口，聽說曹操已經到達荊州，而且披星戴月，日夜追趕，眼看就將抵達南郡（按：舊荊州）。而劉琮卻在此時向曹操輸誠投降，劉備也狼狽地向南逃走。於是魯肅乃再抄小路，終於在當陽長坂追上了如喪家之犬的劉備。魯肅傳達了孫權的旨意，並且問劉備：

「豫州（按：劉備曾經做過豫州牧，故魯肅以此尊稱他）現在想往何處？」

劉備回答說：

「我和蒼梧（今廣西省蒼梧縣）太守吳巨是舊交，想去投靠他。」

魯肅說：

「孫討虜（按：曹操曾封孫權為討虜將軍）生性聰明仁惠，為人敬賢禮士，江東的英雄豪傑，全都已歸附他了，且他又據有六郡廣大的土地，兵精糧多，是足以成大事的人。今天之計，劉先生最好和我們共同建立大事業，至於吳巨此人才智平庸，且又地處偏遠蠻荒之地，遲早要被人滅亡的，實在不值得先生去投靠。」

劉備作夢也沒想到孫權竟會向他示好，聽到魯肅一番話，高興得眉開眼笑。魯肅又向在一旁的諸葛亮說：

「我是子瑜（按：子瑜是諸葛亮兄諸葛瑾的字）的朋友。」

兩人握著手，熱絡地交談。

到達夏口後，曹操的大軍已自江陵順東而下，諸葛亮見情勢不妙，乃向劉備說：

「事情已經非常緊急，請派我去向孫將軍求援軍。」

於是劉備乃令他和魯肅一同前往柴桑（今江西九江縣西南）晉見孫權。諸葛亮一見孫權，就開門見山地說：

「海內大亂，孫將軍起兵於江東，劉豫州也在漢南建立了穩固的基礎，大家各占一方和曹操爭奪天下。今天曹操已平定了北方大部分的割據勢力，於是向南大破荊州，威震四海，使得英雄無用武之地，所以豫州才落難於此。希望將軍自己量力而為，假若認為以吳越的力量可以和中原抗衡，不如早點和曹操斷交。若是不能，何不早點放下武器，向北面奉表稱臣呢？今天將軍表面裝著服從的樣子，而內心卻猶豫不決，我看是大禍臨頭了！」

諸葛亮這招激將法，惹得年輕的孫權有點惱怒地說：

「如依諸葛先生所言，為何劉豫州不臣服呢？」

諸葛亮見此招已奏效，打鐵趁熱說：

「田橫只不過是齊國的一位壯士罷了，卻知道如何守義氣而不受侮辱；更何況，劉豫州乃是堂堂王室的後裔，英才蓋世，眾人仰望，就如同江河終將歸於大海一樣。即使事情不順利，那也只是天命，焉能向人低聲下氣呢？」

孫權不甘示弱地怒道：

「我絕不能把整個吳地和數十萬人民任人宰割。我已經決定了，全天下除了劉豫州以外，沒有其他人可以對抗曹操；然而豫州剛嘗敗績，如何過得了這難關呢？」

諸葛亮知道孫權的心理已經接受劉備，於是趕緊把他的計畫說出：

「豫州雖然剛剛在長坂坡打了敗仗，可是關羽的水軍加上撤退的戰士尚有一萬多人，劉琦在江夏的兵力也不下一萬人。曹操部眾雖然多，可是遠來疲憊，再加上為了追趕豫州，竟然在一夜中跑了三百多里路，所謂『強弩之末，勢不能穿魯縞』，這是犯了兵家大忌啊！況且北方之人不善水戰；歸附曹操的荊州人民，只為情勢所逼，並非真心歸服曹操。今天，假若將軍真的能誠心誠意地命令猛將統領數萬軍隊，和豫州同心協力一起作戰，那曹軍必破。曹軍一敗，必定北歸；如此，則荊、吳力量強大，就可造成三足鼎立的局面。成敗的關鍵就看今天了！」

孫權聽完龍心大悅，即刻召開一場軍事會議，在會議裡，他當眾展示了一封曹操寫給他的信：

「最近奉命討伐逆賊，大軍南指，劉琮已經束手就擒。今日我將率領水師八十萬，想要和將軍一起在吳地打獵。」

孫權的用意本來是想激發軍士同仇敵愾之心，沒想到卻得了個反效果，手下大將看了之後，個個譁然失色，紛紛請求孫權投降。其中有個叫張昭的，更是頭頭是道地說：

「曹公（按：此稱呼分明是長曹操的志氣，未戰而心理上已經為曹操的聲望所懾服）就像洪水猛獸，挾持天子四處征討，動輒以朝廷的命令為藉口，今天若是抗拒他，事情就很難順利。而且將軍所賴以抵抗曹操的憑藉是長江；今天曹操已經取得荊州，劉表所建立的數千艘戰艦，全歸曹操所有。曹操將以水軍沿江而下，配合步兵，兩路並進，換言之，他們已經跟我們共同擁有長江天險了，而敵眾我寡的兵力又非常明顯，我覺得還不如以迎接曹操為上計。」

孫權看到這種尷尬場面，就藉口入內宮更衣，在會議上一直默默無語的魯肅緊跟著走進房內。孫權知道魯肅的意思，緊緊握著魯肅的手說：

「卿想說什麼？」

魯肅語重心長地說：

「方才我仔細觀察眾人的議論，都是想要陷害將軍，實在不足以和他們共商大事。今天我可以去迎接曹操，而將軍卻不可以。我若迎接曹操，曹操必定把我遣回家鄉，我還可以在曹操的麾下圖個一官半職，當個地方官也不會有什麼困難。可是將軍要是迎接曹操，您要安置在何處呢？希望將軍早作打算，不要受到眾人影響。」

孫權嘆了一口氣說：

「眾人所持的議論令我非常失望。今天卿所說的話，正好和我不謀而合，感謝上天把你賜給我。」

魯肅並建議孫權把領兵在外作戰的周瑜召回來共商大事。孫權特別為周瑜召開一場軍事會議，周瑜首先發難說：

「曹操名義上雖然是輔佐天子的漢丞相，其實卻是人人可得而誅之的漢賊！將軍神武雄才，又兼有父兄餘烈，割據江東，地方數千里，兵精糧足。英雄豪傑樂於創造一番事業，正等待機會為漢家除殘去穢；便何況是曹操親自來送死，哪還有迎接他的道理。而且今天北方還未平定，馬超、韓遂也還在關西一帶騷擾曹操；另外，曹操捨棄北方擅長的騎兵，反而依靠自己不熟悉的舟船和吳、越爭衡。現在又正是冬天，馬匹根本找不到草料，兵士從中原跋山涉水遠來這水鄉澤國的江、湖之地，一時水土不能適應，一定生病。這幾項都是兵家大忌，而曹操卻貿然行之，將軍要生擒曹操，就在今朝了！請讓周瑜率領精兵數萬人，進駐夏口，保證一定為將軍大破曹操！」

未曾聽到如此大快人心的論調，孫權立即強調：

「老賊老早就篡漢自立了！只是忌諱袁紹、袁術、呂布、劉表和我的反對罷了。我與老賊勢不兩立，你說要出擊應戰，正合我意。」

說著，孫權拔出佩刀，將前面的桌子劈成兩截，斥聲道：

「諸位要是有誰敢再說要迎接曹操，就和這張桌子一樣。」

話畢，宣布散會。

那天晚上，周瑜又跑去見孫權。一看到孫權，周瑜就說：

「所有的人光看到曹操信上說有水步兵八十萬，就嚇破了膽，也不追究其真假，就說要迎接曹操。今天我計算一下，他所帶領的中原軍隊不過十五、六萬，而且遠來疲憊，在荊州所俘虜的劉表部隊也不過七、八萬人，都還存有抵抗之心。以疲憊的軍隊去控制心存反抗的部眾，人數雖多，實不足為懼。周瑜只要五萬精兵，就足以將曹軍擊敗，請將軍不要再考慮了。」

孫權拍了拍周瑜的背說：

「公瑾所言正合我意。子布（張昭字）只顧自己妻小，只為自己盤算，實在很令我失望；只有你我和子敬（魯肅字）三人算是有志一同。五萬人一時很難湊齊。現在已經選了三萬人，糧食船具都已辦妥。卿和子敬、程公（按：程普年紀最大，人都稱他程公）三人打頭仗、作先鋒，我在後方隨時支援，做卿的後盾。卿能戰就戰，萬一實在支持不住，就退回後方，我必和曹孟德決一死戰。」

於是就分別任命周瑜、程普為左右督，領兵和劉備共同對抗曹操；以魯肅為贊軍校尉，居中做孫、劉雙方的聯絡官。

此時，駐在樊口（今湖北省武昌縣西北）的劉備，天天派水上巡邏隊查探諸葛亮的動靜，日夜盼望孫權的救兵能盡快到達。一天，水上巡邏隊遠遠地看見周瑜的船艦，飛奔報告劉備後，劉備立刻派人前去慰問。周瑜告訴來人：

「有軍務在身，不可任意下船；假如豫州不嫌棄，煩請他到我這邊一談。」

於是劉備獨自乘著一條小船前去會見周瑜。劉備單刀直入地問：

「今天抵抗曹操，計畫似乎非常周詳。請問周先生帶來多少兵士？」

周瑜坦然回答：

「三萬人。」

劉備大所失望。

「只怕太少了。」

周瑜滿懷信心，胸有成竹。

「這些就足夠了，等著我大破曹操吧！」

這時劉備覺得不太妥當，想找魯肅討論一番，周瑜立即說：

「現在魯肅有要務在身，不得隨意行動，若是想要見他，可以另外約定時間。」

劉備給周瑜一講，又愧又喜，愧的是不該失態地要找魯肅，喜的是看到周瑜這支有紀律的隊伍。

西元二〇八年（建安十三年）十一月，周瑜的水軍和由江陵順流而下的曹操軍艦在赤壁相遇（今湖北省嘉魚縣），赤壁在長江南岸，它的對岸是烏林，兩地遙遙相望，江流洶湧，地勢險要。

刺骨的北風，寒冷的江水，加上不習水戰，使得遠來的北軍已染有疾病。初一交戰，曹軍就告失利，於是曹操把軍隊調往北岸，再用鐵鍊把整個艦隊緊鎖在一起，以減輕船隻晃蕩的程度，解決士兵不習船上生活的困擾。這一晚，曹操十分得意，認為已經萬無一失，乃和艦上的官兵飲酒作樂。遠望無際的江波，仰視浩瀚的星空，撫今追昔，平生的種種抱負，不禁湧上心頭。觸景生情的曹操，就在酒興下，吟出了家喻戶曉的《短歌行》。

周瑜等人此時在南岸苦無對策。大將黃蓋見北軍把整個船艦鎖在一起，認為是一個大好機會，就跑去對周瑜獻策：

「今天敵眾我寡，難以持久。現在曹軍把船艦都連在一起，首尾相接，正好可用火攻！」

周瑜接受了黃蓋的建議，找了幾十艘船，裡面裝滿了乾柴和膏油，外面覆上帷幕，上面插上軍旗。同時，兩人又使了一個詐降之計，黃蓋令人送了一封降書給曹操，表示要向曹操投降；信中並約定在周瑜水軍出戰之日，黃蓋將中途倒戈。

這招障眼法使曹操弄不清真假，他半信半疑地等到周瑜水軍出戰之日。這天，東南風大起，黃蓋率十艘戰艦走在最前面，船到了江面中央，順風張帆。曹操的軍隊都跑出來觀望。有人指說：

「黃蓋來投降了！」

黃蓋的船開到距離曹軍還有兩里多時，突然，各艦同時放火，強勁的東南風助長了火勢，火燒得非常旺盛，火船如箭一般向曹營急駛，最後撞上曹軍的戰艦。曹艦著火，頓時之間，江面煙霧瀰漫，一片火海。不久火勢蔓延到岸上，曹軍燒死和溺死的人不計其數。黃蓋見計謀成功，乃乘小船順流而走。

周瑜、劉備等人隨後率領大軍由北岸登陸，戰鼓震天，曹軍大亂，幾十萬部隊被殺得土崩瓦解，紛紛四處逃亡。慘遭痛擊的曹操，只好帶著近衛軍由華容道（今湖北省監利縣以北）撤退。

屋漏偏逢連夜雨，這幾天湖北連續大雨，前面的華容道泥濘不堪，無法行走，後頭又有劉備的追兵，幸而曹操臨危不亂，急中生智，下令所有生病的軍士每人抱一堆枯草鋪在地上。曹操立刻下令騎兵先行，這時那些鋪路的人還在泥堆中，騎兵也顧不得踐踏的是人是草，護著曹操急行而去。

逃出之後，曹操高興得大笑。諸將不解，曹操說：

「劉備這個人，頭腦和我也是在伯仲之間，都是慢半拍的人，要是在我們鋪路時放一把火，我們還有命活嗎？」

赤壁戰後，曹操統一中國的美夢被打破了；相反的，孫權因這次戰爭保有了江東，劉備也有不少收穫，此後中國進入三國鼎立時代。

分析這場大戰的勝負，有幾點必須加以說明：

一、以曹操十五、六萬大軍，加上劉表七、八萬的水軍，聲勢之浩大，軍容之壯盛，實在不是南方孫權、諸葛亮等的軍隊所能比擬的。所以，曹操選擇的作戰時機基本上是正確的。

二、曹操在攻打第一目標——荊州時，就不費一兵一卒獲得勝利，這無疑給了孫、劉等人一個下馬威，在戰前雙方的心理上，曹軍已占了上風。

三、人算不如天算，儘管曹操如何老謀深算，這次突然在十一月颳起的東南風，他卻是失算了。這天的東南風吹得莫名其妙，曹操一生的戰役中，最大的失敗，可說完全栽在老天爺的「東南風」上。

四、諸葛亮並非這場戰役的主角，「東風」也不是他借的，「草船借箭」更是子虛烏有，他只是說服孫權和劉備合作而已。所以在這場戰爭中，他只是配角而非主角。

五、赤壁之戰，南軍真正的主角是周瑜、程普、魯肅和黃蓋四人。此外，周瑜並沒有用苦肉計把黃蓋打得皮開肉綻，黃蓋只是在作戰時不小心中箭落水而已。

赤壁戰後，曹操步入晚年，雖然屢有征討，和劉備、孫權彼此間亦相互交戰；可是他的心境，只是想保護北方的基地。至於統一中國的事業，恐怕只得留給他的後代去完成。

西元二一四年（建安十九年），劉備占領西蜀作為根據地。二一九年，劉備趁曹操在東方和孫權作戰時，帶兵攻入曹操的屬地漢中，曹操一聽到消息，馬上率領軍隊進入漢中，奪回漢中之地。劉備瞭解如果和曹操的軍隊正面衝突，自己的軍隊必定不是對手，因此就先派出一支部隊，中途攔截曹操的軍糧，如此一來，逼得曹操山窮水盡、進退維谷，大叫：

「雞肋！雞肋！」

所有的將領都不知道曹操是什麼意思，只有主簿楊修馬上就整理裝備，一副要打道回府的樣子，其他人就問楊修何以曉得曹操的用意。楊修說：

「所謂雞肋，是食之無味，但棄之又可惜的意思；拿它來暗示漢中之地，就知道曹公是想回家了。」

不出楊修所料，不多時，曹操果然放棄漢中，回到北方。

西元二一三年（建安十八年），漢廷把冀州十郡賞給了曹操，並封他為曹公，曹操於是定都鄴城，並在鄴都建立社稷宗廟。至此，漢的政治中心乃由許都移至鄴都，本來已是傀儡的獻帝，更是無足輕重。二一四年（建安十九年），曹操殺了獻帝的皇后伏氏，隔年，並把自己的女兒嫁給獻帝為后，曹操此時又成了外戚。二一六年（建安二十一年），曹操再高升為魏王，這時他的權力已無異於漢帝國的實際皇帝了。

西元二二〇年（建安二十五年），這位一生呼風喚雨的人物，也終於抵擋不住病魔的摧殘，在洛陽悄然地與世長辭，享年六十六歲。

在他的遺詔中，所惦記的還是整個中國的前途，遺詔中他明白表示：天下還未安定，在我死後，不必大肆鋪張地為我辦喪事。埋葬了我之後，所有人都不必替我帶孝服喪，各人要各守其職，將兵不離甲冑地枕戈待旦，為打敗孫權、劉備而統一中國作準備，千萬不可食古不化，一味遵循古禮，為了替我守喪而壞了國家大事。後來曹丕能夠不費吹灰之力就登上天子的寶座，全是得力於曹操替他打下的基礎。曹丕篡漢後，追封曹操為魏武帝。

五、猜忌之雄

根據《曹瞞傳》，曹操個性輕佻，舉止隨便而無威儀；愛好音樂，養一批倡優（藝妓）在身旁，常常通宵達旦飲酒作樂，身上喜歡佩帶一些如小盤囊之類的小飾物，手上也常拿著一些手巾細物。漢末王公貴族頭上都有一頂以縑作成的帽子，叫做幅巾，貴族們皆以此為風雅。但是曹操以天下正值荒災，財政匱乏，乃製作一種用縑帛做成的帽子，叫做帢帽，它以顏色別貴賤。曹操有時還戴著帢帽來會見貴賓。

曹操和人交談總是嬉笑怒罵，知無不言，談到開懷盡興時，有時會把整個頭埋入杯盤之中，以至於菜餚沾滿身上。但是在政治上，他持法卻異常嚴峻深刻，手下的將領中，只要有人謀略比他高明，曹操就會隨時隨地想置其於死地。通常在行刑前，曹操會和他所要殺的人抱頭痛哭，可是哭完之後，照樣下令處死他們，毫不留情。

《三國志・武帝本紀》上沒有記載曹操的長相，不過《世說新語・容止篇》卻有這麼一段記載：

一回，曹操要接見匈奴派來的使者，但是他又認為自己長得很醜，不足以震服來使，於是他叫部下崔季珪代替，自己則拿著刀站在床頭充當侍衛。接見完畢以後，曹操命令在使者身邊的間諜問使者：

「你以為魏王（曹操）如何？」

匈奴使者回答說：

「魏王儀表相貌堂堂，然而站在床頭拿刀的人，才是真英雄啊！」

曹操一聽，立刻叫人追殺使者。

此外，《魏氏春秋》也說曹操身材容貌短小，但是神態炯炯有神，雄姿英發。

從以上兩則記載看來，曹操的確是其貌不揚，在人們重視外表威儀的觀念下，曹操有時不免因自己的短小醜陋而自卑。外交是一國大事，所以曹操為了威服番邦異國，就找身材魁偉高大的崔季珪代替，不料卻被識破，在自卑心理下起了強烈的恥辱感，接著而來的是恐懼、憤怒以致突然翻臉無情，追殺匈奴使者。

曹操的善猜忌、好妒，或許是導致日後曹操任意殺人的主因。曹操最為人所詬病的，也正在於任意殺戮，且讓我們看看以下的例子：

一、孔融

孔融是孔子的二十世孫，是東漢末年的名士，也是建安七子之一，文才及名氣都很大。

曹操剛建都許昌的時候，就積極行屯田政策，凡能耕種的田地都直接由中央政府管理，再分發給百姓耕種。屯田政策是曹操非常重要的政策之一，也是曹操日後對抗敵人的利器。可是孔融卻跟曹操大唱反調，要求曹操廢除屯田政策，恢復封建舊制；也難怪張璠《漢記》說孔融「食古不化，不識時務」。

當時，北方還有許多割據勢力，曹操怎麼可能放棄自己的陣地而分封給敵人呢？

曹操鑑於民間造酒會浪費糧食，乃下了一道禁酒令，可是孔融卻調侃狎侮曹操說：

「天有酒旗之星，地有酒泉之郡，人生即有飲酒的習性，唐堯若非飲千鍾之酒，就無法成為聖人。夏桀和商紂都因女色亡國，今天你為什麼不下令禁止婚姻呢？」

孔融不懂得因時制宜，對曹操禁酒的用意和苦心未能深刻體會，就信口胡說。曹操聽了以後，表面上雖然裝出若無其事的樣子，可是內心卻對孔融懷有抱怨，乃至種下日後殺孔融的動機。

曹操在打敗袁紹攻入河北後，因聽說甄氏長得很標致，本想占為己有。後來知道曹丕已捷足先登，就索性把甄氏給了曹丕。事後，軍中傳言曹操和甄氏有染，孔融聽到這些馬路新聞，就寫信給曹操說：

「周武王伐商紂，把妲己賜給了周公。」

當時曹操不懂他的意思，事後問孔融出自何典。孔融回答說：

「用今天發生的事情推測，想當然那時情況正是如此了。」

這真是給曹操難堪了。

由於孔融對曹操的無禮，且干預他的政治措施，曹操對孔融已累積了相當程度的不滿。到了西元二〇八年（建安十三年）孔融抵制曹操南征時，曹操就以毀謗罪將孔融殺了。

孔融被抓的消息傳到年紀八歲和九歲的兩個兒子耳中，他們坐在棋盤前一動也不動，神情自若。左右的人問他們為何不趕緊逃走呢，兄弟倆答道：

「我父親都已經落到今天的地步了，逃還有什麼用呢？」

最後，兄弟倆終難逃一死。

嚴格說來，孔融之死（享年五十六歲），有一半的原因是因為他那一張刻薄的利嘴，以致終遭殺身之禍。

二、許攸

許攸字子遠，小時候和袁紹、曹操三人交情很好。起初跟隨在袁紹左右，在官渡之戰時，許攸知道袁紹必會失敗，乃投靠曹操。曹操打敗袁紹，占領河北，許攸有許多功勞。可是許攸常自恃有功於曹操，每每忘了節制自己，常當眾叫曹操的小名說：

「阿瞞，你若不是因我的關係，怎麼可能獲得河北呢？」

曹操就笑著說：

「你所說的都是實情。」

但是內心卻已經對許攸起了厭惡之感。後來，有次許攸在鄴城的東門，仍然不知死活地告訴左右：

「曹操要不是靠我的話，哪有可能出入此門呢？」

有人就把此事告訴曹操，曹操一聽，立刻派人把許攸殺掉。

所謂「伴君如伴虎」，許攸就是不瞭解其中的道理，再加上曹操的猜忌，終於命喪九泉。

三、婁圭

婁圭字子伯，少年時代和曹操有交情，年少時就懷有豪情壯志，常常說：

「男兒立身於世，就當立志創下數萬士兵的大事業。」

後來因罪被捕，判處死刑，但中途越獄逃亡。等到天下共同起兵討伐董卓時，婁圭起先投靠劉表，後來又投靠曹操，曹操認為婁圭是一位人才，對他重用有加，時常和婁圭討論軍國大計。

曹操趁劉表去世，準備帶兵攻打荊州，但是劉表的兒子劉琮卻不戰自降，欲出迎曹操。曹操的將領們紛紛勸止，認為此中有詐，於是曹操就問婁圭，婁圭回答說：

「今天國家大亂，各地的人都希望攀附你的力量以自重，所以劉琮的投降必是可靠的。」

曹操聽了婁圭的話，乃進兵荊州。

因為婁子伯屢屢建功，功勞頗大。曹操就常常感嘆地說：

「子伯的計謀，我曹操實在敵不過他。」

或許因為婁圭的軍事才能引起了曹操的戒心，才惹來殺身之禍吧！

有一回，婁圭和友人一同坐車，在路上恰好遇到曹操父子，婁圭的友人羨慕地說：

「像曹操父子這般情景，是多麼快樂啊！」

婁圭聽了以後回答：

「人活在世上，就應當自己努力實現理想，為什麼要羨慕他人呢？」

有人密告曹操，曹操就以婁圭有造反毀謗的嫌疑把婁圭殺掉。

婁圭因為本身的軍事天分，再加上無意中的一句話而遭到殺害，這實非婁圭之罪啊！

四、崔琰

崔琰字季珪，清河東武城人，曾在袁紹手下做過官，曹操大敗袁紹後，崔琰就追隨了曹操。

崔琰為人樸實木訥，生活很簡樸，做事也很有節制，大公無私，樂於提拔人才，可以稱得上是高風亮節的清官，也是個不避重誅以直諫的忠臣；因為他能識大體、諫忠言，所以曹氏父子對他也很尊敬。

曹操做了丞相以後，崔琰也當了東曹，在魏國剛建立時，又升為尚書。當時，曹操尚未立世子，曹操對曹植特別喜愛，想要立曹植為世子。但曹植是崔琰哥哥的女婿，曹操一度懷疑他和曹植暗中勾結。崔琰知道後，就坦白表示：

「春秋大義是立長子的，況且五官將曹丕仁孝聰明，應該是正統所在，我崔琰誓死守住這個信約。」

曹操一聽，大嘆崔琰的高風亮節，立刻升他為中尉。

崔琰聲音宏亮，鏗鏘有力，又長得一表人才，相貌堂堂很有威儀。如前所述，曹操就曾派他假扮成曹操本人接見匈奴使者。加上他大公無私，朝廷中人對他都非常敬畏，連曹操也不例外。

崔琰在曹操還沒稱魏王前，曾向曹操推薦過一位才氣不很好、但為人清廉守道的楊訓，曹操也對楊訓禮遇備至。曹操稱魏王之後，楊訓寫了一篇歌功頌德的文章，誇獎曹操的功勞。當時的人都笑楊訓沽名釣譽，趨炎附勢，說崔琰不應該推薦這種阿附權貴、專拍馬屁的人，崔琰聽了以後，就向楊訓要了這篇文章，看過後他說：

「省表事佳耳！時乎時乎，會當有變時。」

大意是說，我看過你寫的表，所說的事情很不錯啦！可是所選的時機卻不是很好，恐怕會遭人誤會。崔琰的本意，乃是要譴責那些好議論的人不通情理，同時也為楊訓的文章辯護。可是這件事被崔琰的仇人知道，便偷偷跑去向曹操打小報告，曹操聽了後很生氣地說：

「俗語說『生女耳』，『耳』這個字就不是什麼好字。『會當有變時』，更是出言不遜。」

於是下令罰崔琰做苦工。受了冤枉的崔琰不理曹操的處罰，照樣門庭若市，表現出他很生氣的樣子。以前告發他的人又到曹操面前舉發他，說崔琰態度很不甘願。曹操聽了大怒，遂命崔琰三天之內來見他，但崔琰仍相應不理，曹操乃下令命崔琰自殺。

陳壽評崔琰之死，認為最是足以感到痛惜，十分冤枉。的確，以崔琰的才能智識，因為莫須有的罪名而遭曹操毒手，實在可惜、可痛。

五、華佗

根據史書記載，曹操善於書法，尤其是草書，音樂造詣和桓譚、蔡邕不相上下；對於圍棋技術也頗為精通；尤其曹操又喜好養生的方法，也懂得方藥的技術，當時的方術之士都和曹操有來往，名醫華佗就是其中之一。

華佗字元化，一名旉，沛國譙人。華佗通曉養生之道；因為養生得道，當時的人都以為華佗已經活了將近一百歲，面貌依然神采奕奕，炯炯有神。

華佗非常瞭解藥物的特性，替人看病，所開的藥方不過幾種而已，但是往往藥到病除。他也用針灸為人治病；若是華佗認為病人當以針灸治療，他所選的穴道也不過一兩處，每處也不會超過七八灼。如果針藥都無法治好病人，他就會使用開刀手術，手術前他先使用麻醉法，以減輕病人痛苦。關於華佗神奇的醫術，有很多事蹟流傳於後世。

有位婦人懷了六個月的身孕，一日突感腹痛難熬，華佗為她把過脈後說：

「胎兒已經死了。」

就令人摸她的肚子，如果胎兒的位置在左邊則是男嬰，若在右邊即是女娃。結果胎兒在左側，於是華佗讓婦人喝下墮胎湯藥，一看果然是個男嬰。

有一個患病的縣吏名叫尹世，四肢無力，口乾舌燥，不喜歡聽到講話的聲音，且小便不利。華佗診治後，對他說：

「你試著吃一吃熱食，若是能夠出汗，那你的病就會痊癒；倘若不出汗，三天後你必一命歸西。」

縣吏尹世一試沒有出汗，華佗無奈地說：

「你身體內的五臟六腑都已壞盡，可以準備後事了。」

果然不出華佗所料，三天後縣吏一命嗚呼。

華佗有位朋友嚴昕，他和幾位友人一起約好等候華佗，華佗到了之後，就問嚴昕：

「嚴先生最近身體狀況如何？」

嚴昕說：

「就跟平常一樣啊！」

華佗說：

「看先生的面相，你已經有急病在身，請嚴先生少喝酒為妙。」

宴後，嚴昕坐車回家，剛走到數里路外，突然頭暈目眩從車上掉下來，經由他人護送回家後，不久就病逝了。

有一位官吏叫徐毅，生了病找華佗為他看病。華佗到了之後，徐毅說：

「昨天醫官曾為我作過針灸胃的治療，可是我仍是咳嗽不已，寢食難安。」

華佗看了他的病說：

「醫官沒有刺到你的胃，反而誤中你的肝，你當會食慾日減，五日之內命將歸西。」

果然又如華佗所言。

有一位士大夫來看病，華佗對他說：

「你已經病得很深，應當用開刀手術。然而先生這病要不了你的命，不過你頂多只能再活十年，不如你就忍耐十年，等壽命到了，也就不用開刀了。」

但是士大夫無法忍受病痛，一定要治療它。於是華佗就替他治病，士大夫的病也好了，不過十年一到他還是死了。

有位郡守染病，經華佗診治，認為是他性情剛烈，容易暴怒所致，於是華佗在收到他的錢財後，故意不替他治病，突然無緣無故離去，並留下一封信罵他。性情剛烈的郡守果然大怒，派人追殺華佗。但遭郡守兒子阻止。這時，郡守既恨且怒，連吐數升黑血後，病就無藥自癒了。

曹操風聞華佗高超的醫術，就請華佗為他治療頭疼，經過華佗的照顧醫療，曹操的病情也漸有起色。

可是華佗終究是以讀書人自居，總以為替人看病是方術之技，因而時常自悔。後來曹操病情轉劇，召華佗為他診治。華佗說，這種病很難立即痊癒，必須持之以恆，慢慢治療。

不願意以方術為業，再加上思念家鄉情深，華佗就藉口回家，後來更屢次以妻子患病，不便前往，辭退曹操的召令。曹操一怒之下，就把華佗給殺了。

華佗之所以遭到曹操的殺害，除了曹操嗜殺的個性外，華佗的士大夫心理及自恃醫術高明，也是間接促成他遇害的原因。

六、楊修

楊修，字德祖，他的父親是東漢太尉楊彪。楊修才華橫溢，很得世人稱許，頗為曹操所器重，是曹操的主要參謀，也是曹植的知己好友。《世說新語》中，有幾則描寫楊修思考反應迅速敏捷的小故事。

楊修在擔任曹操首席參謀時，相國門正在建造，曹操親往察看時，教人在門上題了一「活」字然後離去。楊修見了，立刻叫人把門拆掉，拆完後才說：「門中一活字正是闊的意思，曹先生嫌門太大了啊！」

另一則故事也是記載在《世說新語》上：

有人送曹操一盒果飴，曹操只吃了少許，就在盒蓋上題一「合」字，展示眾人面前，眾人都不解何意。依次傳到楊修面前，楊修拿到便吃，說：「曹先生教人吃一口，還懷疑什麼？」（「合」字是人一口所組成。）

楊修的才智實遠勝於曹操，曹操也自嘆不如，我們從以下這一則記載可略知一二。

有一回，楊修跟曹操一起經過一塊曹娥碑下，看到碑的背面題上「黃絹幼婦，外孫虀臼」八個字。曹操就問楊修：

「懂嗎？」

楊修說：

「懂。」

曹操說：

「楊先生你先不要說，等我想想看。」

大約走了三十里路，曹操才若有所悟地說：

「我已經知道它的意思了。」

於是令楊修講出他的答案。楊修說：

「黃絹，是表示有顏色的絲，合起來是絕字；幼婦，是表示少女，合起來是妙字；外孫，是女兒的孩子，合起來是好字；至於虀臼，是受辛的意思，合起來是辤（古辭字）。整句就是『絕妙好辭』。」

曹操乃嘆息地說：

「我和楊先生的才智，竟然相差三十里路之遙。」

曹操受封為魏王後，因長子曹昂已死，在其他諸子中最屬意曹植，欲立之為繼承人，但又受到古制「立嫡不立庶」之限，所以他常出一些題目來考他們幾個兄弟。曹植和楊修平日私交就不錯，遇到問題就會去請教楊修，楊修又對曹操有深刻瞭解，就根據曹操習慣模擬了十幾道問題的答案給曹植。所以每次曹操問題一問完，曹植立即知道答案，曹操覺得事有蹊蹺，於是就想出一個方法來試探他們兄弟。

曹操先是下令曹丕兄弟們，分別由鄴城各城門出城，然後再派人阻止他們。結果，曹丕被攔阻而回；可是楊修事先已告誡曹植：

「若是守城人不讓你出去，你有王命在身，可以斬殺他們。」

於是曹植順利出城。

曹操知道消息後，立即以交媾罪賜死楊修。

楊修鋒芒太露，已使曹操埋下殺機，再加上他參與曹家的繼位問題，更使他提早死於非命。

七、邊讓

邊讓，陳留（河南省陳留縣）人，博辯能文，何進曾推薦他做官，受到孔融、王朗、蔡邕等人的敬重，後為九江太守，因大亂丟官。邊讓不屈服於曹操的淫威，對他有輕侮之言。建安初年，邊讓的鄉人向曹操誣告，曹操就令郡守殺了邊讓。

八、荀彧

荀彧，字文若，潁陰（今河南省許昌縣）人。荀家為望族，祖父荀淑乃順帝、桓帝兩朝知名之士，他的八個兒子在當時有八龍之譽。董卓之亂，荀彧舉族逃亡冀州，先投降袁紹，後投靠曹操。曹操贊之為子房，凡有軍國大事都和他商量，曹操迎獻帝於許都，即為荀彧的建議。西元二一二年（建安十七年），董昭謂曹操宜進為國公，加九錫，詢問荀彧的意見。荀彧以為曹操本興義兵，匡朝寧國，不宜如此，曹操由是心不能平。同年，曹操征孫權，請荀彧勞軍，但荀彧以生病為由留在壽春。於是曹操派人送他一盒食物，但盒中卻空無一物。荀彧知道曹操的意思，乃飲藥而死。翌年，曹操進為魏公。

九、魏諷、宋衷等

沛人魏諷以才智聞名，相國鍾繇辟之為西曹掾。西元二一九年（建安二十四年），劉備、曹操戰於漢中，關羽大破于禁，魏諷遂結合黨徒與長樂衛尉陳禕圖謀襲鄴，但陳禕向曹丕告密，魏諷及其黨數十人乃遭誅殺（司馬光《資治通鑑》作數千人），被殺的人當中，宋衷父子及王粲二子都包括在內。曹操知道後猶說：

「孤若在，不使仲宣（王粲）無後。」

然後曹操為何容納罵他是「贅閹遺醜」的陳琳呢？因為陳琳罵他「贅閹遺醜」的確中肯，殺之唯有使此語流傳於世。再者，他還想利用陳琳之筆，對付他的敵人。此曹操之所以為奸雄，非曹丕所能及也。

在曹操所殺的人當中，除了許攸、婁圭本是小人，自取其禍（然亦罪不至死），楊修不知露才揚己之戒（更不當死）以外，其他人皆以剛正被殺。漢末三大文學家蔡邕、邊讓、孔融，王允殺其一，曹操殺其二。大經學家宋衷、大醫家華佗，皆死於曹操之手。《三國志》言魏諷「謀反」伏誅，此陳壽不得不然之詞（必反叛獻帝始可稱反，魏諷乃「謀正」也），故袁宏《後漢紀》僅稱「謀誅操」。宋衷以苟全性命於亂世之心，欲託身於曹操，然其不知曹操為人，終遭滅門之禍；若王粲不死，恐怕也難逃劫數（曹丕《典論・與吳質書》中稱道王粲之處，只是聊以自炫的虛矯之詞）。凡此種種，只能更顯示出曹操、曹丕不為奴才，即是敵人的狹窄觀念。正如荀彧，不贊成曹操稱公，實出於君子愛人以德之意；無奈曹操但求小人，遂不能免禍。

曹操殺人，沒有一定的準則。他本人自稱節儉，遙望曹植之妻穿著美服，即將其逼迫而死，但他自己卻造銅雀台。《三國志・何夔傳》載：

「太祖性嚴，掾屬公事往往加杖，夔嘗蓄毒藥，誓死無辱，是以終不見及。」

所謂嚴，其實就是隨便殺人之意。但不管曹操是因一時權宜而殺人，因個性使然而殺人，或是因受害者出言不遜，觸怒了他而殺人；不論如何，曹操都要為他任意殺人的事實負上大部分的責任。

曹操能在狀況最危急時，表現出超乎常人的冷靜和決斷，再加上他信賞必罰、知人善任的個性，可說是他成功的主要因素。由知人善任而言，我們必須對曹操的「唯才是舉」作一瞭解。

在家世上，曹操和宦官有著濃厚的關係，因此對當時的門第，曹操似乎深惡痛絕，有意加以摧折。楊、袁兩家是東漢最著名的士族，曹操一心想殺太尉楊彪，也是為了要消滅楊家的勢力。後來楊修之所以會遭曹操毒手，也跟楊修是楊家大族的後代有關。

摧折士族大家，再加上時代的需求，曹操想用循名責實的法治精神來建立他的政權，所以先後發出了三道求賢令，這就是有名的魏武三詔令。

西元二一〇年（建安十五年），曹操下了第一道詔令：

> 今日天下尚未安定，正是求才若渴的時候。若必清廉守節者方可任用，則齊桓公何能重用管仲，又何能成就霸業？今日的受謗者難道沒有像陳平那樣的將才嗎？各

位，你們要幫助我遍尋人才，只要可用，不論德性，皆可向我推薦。

西元二一四年（建安十九年），曹操下了第二道詔令：

有德者不一定才氣縱橫，積極進取；有才者亦未必兼具德行。陳平無德無行，蘇秦背信毀諾，卻仍能成就一番事業。各位若能明白此理，即知如何為我求才！

西元二一七年（建安二十二年），曹操的第三道求才令更明白地表示：

韓信有胯下之辱，陳平背盜嫂之名，可是他們卻幫劉邦打下了天下。吳起不義不孝，可是當他在魏國時，強秦不敢越雷池一步；等他到了楚國，三晉不敢南下犯楚。現在天下難道沒有高才異質，而背污辱名聲之人嗎？這些不仁不孝之人，如果有治國用兵的技術，各位，你們要依照他們的才幹，盡其所能地推薦給我，千萬不可遺漏。

一方面為了抑制士族，另方面也為了因應時代，曹操在這三道詔令中，明白表示，縱使是不仁不孝之人，只要有能力，他就唯才是舉。

曹操雖然猜忌，可是他卻有大多數中國帝王所沒有的美德——節儉。曹操的日常生活十分拘謹勤儉，他提倡節儉，對衣著及起居用具但求簡樸，不好華麗。《魏書》有一段記載說：

曹操個性節儉，不喜奢侈豪華，後宮既無綾羅綢緞，也無山珍海味。營帳屏風等物，壞了修補再用，絕不任意換新，生活只求溫飽，而無任何矯飾之情。每回攻城掠地後，所得之寶物財貨，必和屬下共享。他認為送終太過繁瑣而無意義，陪葬品更是浪費，還要遵古禮為死者守喪，實在不合時宜。所以他替自己所預備的陪葬品，不過是四箱衣服罷了。

曹操雖然不喜歡奢華的生活，不過對下屬卻一點也不吝嗇，他在西元二〇七年（建安十二年）的詔令中說：

戰國趙奢、漢朝竇嬰之所以能夠成功立業，主要是他們得到封賞，必和部屬分享，故而能獲得永世不朽的名聲。我每次讀到他們的事蹟，總興起無限的仰慕，欽佩他們寬大的胸襟。今天和諸位出生入死，征伐敵人，完全是靠著諸位不懷異心，群策群心，方能殺敵平亂，而我才能獲得皇上的恩賜，賜三萬戶邑。我追思竇嬰不私占封賞的義舉，故今就將所收到的租稅分給各位官兵及戍守在陳、蔡地區的兵士，以報答各位的死命效忠。對遺孤們也不例外，若年租有剩餘，我一定和大家共同分享。

不管他這種行為是出於虛偽或是個性使然，總之，曹操在錢財方面，是嚴以律己，寬以待人的。

曹操對於婦孺及下民，也總是能夠體恤他們。《魏志・武帝本紀》有一段記載，說到他在袁紹死後慰問其家人的情形：

平定鄴城之後，曹操親自到袁紹墓前，痛哭流涕地向這位多年老友致哀，並且慰問袁紹的妻子，把袁家的財產還給他們，並賜給他們一些糧食衣物。

另有一段記載他對亡民的恩情：

討伐袁譚之初，因為河水結冰，必須動用民力破冰，所以死了很多人，人民也紛紛逃亡。一天，一個亡民跑來申訴。曹操就對他說：「我若是接受你的建議，那就是違反命令，殺你則我又於心不忍，你現在趕緊走得遠遠的，把自己藏起來，千萬不要讓官吏們逮到。」這位亡民感激地痛哭而去。

另有一則是曹操在戰後，能體認人民生活困苦而下令減稅的記載。時間是西元二〇四年（建安九年）：

一個國家，不怕土地人民寡少，只怕不能各得其分；不愁貧乏困苦，只愁不能使人民安定。當袁紹統治河北時，讓豪強任意兼併掠奪人民的土地財產，使一般大眾都窮無立錐之地，還必須替豪強代納租賦，就算變賣家產，也不夠繳納租稅。這種情況，如何能得到人民衷心擁戴呢？又如何能期待軍隊強盛、軍容壯大呢？這真是緣木求魚啊！我下令河北地區每一畝只要收田租四升，每一戶只要納絹二匹，綿二斤，其他租賦不得擅加徵收。有司們要明察秋毫，體恤民瘼，不可讓土紳豪強有所隱藏，而讓人民遭受重賦的痛苦。

綜合上述，曹操的個性，有好的一面，也有醜陋的一面。從負面來說，他的性情殘暴、好猜忌、多疑、奸詐、任意殺人，時時殃及無辜。從好的一面來說，曹操生活拘謹節儉，知人善任，賞罰分明，絕不吝惜身外之物，有時也會撫恤貧苦的大眾。

曹操一共生了二十五個兒子，另外還有幾個女兒，他之所以會如此多產，或許跟他生性好色，又時常和術士們研習房中術有很大的關係吧！

二十五個兒子中分別是由他的王后卞氏及其他十二位小妾所生，在此根據正史的資料，列出一圖表示他們之間的關係。曹操是自命風流的人物，他的妻妾當然不止這些，其中還有一些是不曾替他生過兒子，而《三國志》上又沒有記載的。

◎卞皇后——文帝曹丕、任城威王曹彰、陳思王曹植、蕭懷王曹熊。

◎劉夫人——豐愍王曹昂（他是曹操的長子，在建安三年，於宛城為了救曹操而死於張繡之手）、相殤王曹鑠。

◎環夫人——鄧哀王曹沖、彭城王曹據、燕王曹宇。

◎杜夫人——沛穆王曹林、中山恭王曹袞。

◎秦夫人——濟陽懷王曹玹、陳留恭王曹峻。
◎尹夫人——范陽閔王曹矩。
◎王昭儀——趙王曹幹。
◎孫姬——臨邑殤公子曹上、楚王曹彪、剛殤公子曹勤。
◎李姬——穀城殤公子曹乘、郿戴公子曹整、靈殤公子曹京。
◎周姬——樊安公曹均。
◎劉姬——廣宗殤公子曹棘。
◎宋姬——東平靈王曹徽。
◎趙姬——樂陵王曹茂。

在上述的所有人之中，最為後世津津樂道，也最為後人熟悉的莫過於曹沖、曹植及曹丕三人，以下我們分別討論。

曹沖是曹操所有兒子之中最為他所疼愛的。曹沖小時候就非常聰明，可說是一位天才兒童。有一回，孫權送給曹操一隻大象，曹操一時興起想知道牠的重量，可是他的左右無人曉得如何秤牠。此時，曹沖就對他的父親說：

「把大象放在船上，看船身下水有多深，然後在船邊刻上記號，再把大象牽走，放入大小石頭，直到船身的水和記號相等為止；最後把石頭加以秤量，那不就是大象的重量嗎？」

曹沖不僅頭腦聰明，機智過人，他的心地也異常善良。有一次，曹操放在倉庫的馬鞍被老鼠咬壞。管倉庫的人膽戰心驚，以當時的嚴刑峻法來講，要是被曹操發現必死無疑。曹沖故意把自己的一件衣服用刀弄破成像老鼠咬過的模樣，然後安慰庫吏說：

「等到三天後，你再去自首。」

接著，曹沖就裝出一副愁容滿面的樣子去見曹操。曹操問他：

「你為何如此？」

曹沖答道：

「世上的人都認為要是誰的衣服被老鼠咬破了，那主人一定會有災禍上身。孩兒的衣服正好遭到鼠咬，所以才憂戚。」

曹操說：

「這全是無妄之言，哪有此事呢?你不要發愁。」

不久之後，管倉庫的人就把馬鞍遭鼠咬破的事據實以報。曹操聽後笑說：

「我的兒子衣服穿在身上，都會遭到老鼠破壞，更何況馬鞍是懸吊在柱子上面呢？」

於是就寬恕了庫吏。

在曹操的兒子中，才德雙全的人實在很少，曹沖可說是絕無僅有的一位。曹操一度有意要傳位於他，可惜他英年早逝，在建安十三年（西元二〇八年），才十三歲就去世了。曹丕曾去安慰曹操，曹操痛哭流涕地說：

「這是我的不幸，是你們的大幸啊！」

喪子之痛使曹操悲痛不已，最後竟泣不成聲。這對曹操內斂的個性來說，簡直是不可思議。根據史料記載，曹操一生只哭過三次，這是其中的一次，或許他是太過於愛曹沖了。曹沖死後，曹操還替他的亡魂和甄家亡女冥婚。

在曹沖去世後，最有資格繼承曹操的是曹植和曹丕，他們兩人都是由卞皇后所生。兩兄弟相爭地位的結果，是曹丕勝利且登上九五之尊。究竟他們兄弟在政治上的恩怨及文學上的成就是如何呢？我們不妨稍微研究一番。

曹植自幼生長在一個充滿文學氣氛的家庭，加上他聰穎過人，在十幾歲的時候，就能誦讀詩詞、論文辭賦數十萬言，又寫得一手好文章。有一次，曹操在審視過他的文章後，既驚且喜地問：

「你是請人代筆嗎？」

曹植一聽立刻跪說：

「言出為論，下筆成章，父親你可當面測試，孩兒何必要請人代寫呢？」

西元二一〇年（建安十五年），曹操建築了著名的銅雀台。完工之後，曹操帶著諸子登台，要他們每人各作一賦，曹植援筆立成，寫了一篇《銅雀台賦》。從此，更加受到曹操的寵愛。

從建安十五年到建安二十二年，這八年當中，可算得上是曹植政治生命的顛峰期。在父親的刻意栽培提拔下，他平步青雲地逐漸進入政治核心。建安十六年封為平原侯，十九年封為臨菑侯，最後當曹操要出征孫權時，把留守鄴城的重責大任託付給他，並語重心長地勉勵他說：

「我從前當頓丘令，年紀二十三歲，今天我回首彼時，無怍無愧。如今你恰好也是二十三歲，你難道能不有所警惕嗎？」

由此可見，曹操對曹植是多殷切期望他日後可以成大器，有意要把國家重任交付給曹植。再加上幾位著名的人，如楊修、丁儀、丁廙替他運籌帷幄，於是他的聲譽如日中天，不可一世。

曹植一生最大的願望是想在政治上揚名立萬，流芳百世。在《與楊德祖書》中，他明白表示要戮力上國，流惠下民，建永世的偉業，傳金石之功。他亟欲建立不朽的事業，文學不是他的理想，他不願作一位為辭賦的君子，他曾說，辭賦小道不足以揄揚大義，彰顯於來世。可見他並不看重文學。

不幸的，曹植不是一個能駕馭群倫的政治人物。他的個性是不治威儀，任性而行，不自彫勵，飲酒不節。他是一個天生浪漫的詩人，詩人的性格使他不懂得如何去鉤心鬥角，如何為自己謀求有利的政治形勢。西元二一七年（建安二十二年），他竟然膽大妄為地私開禁城司馬門，惹得曹操勃然大怒。建安二十四年，曹操準備命他去搭救曹仁，飲酒不節的曹植卻又是酩酊大醉，不省人事。

一連串的任性而行，曹植的地位動搖了，他逐漸失寵於曹操。而後，曹操更藉口把他的至友楊修處死，從此曹植勢力衰退，他的全盛期已成為過往雲煙。不能成為王位的繼承人，是曹植一生悲劇的開始，也是他一生重要的轉捩點。當曹丕於西元二二○年（建安二十五年）篡奪東漢政權自立為皇帝後，曹植就開始了他悲慘的後半生。

曹植的文學風格可分為兩期。前期約在曹丕即位以前，此時他過著富裕的生活，享受著父親的寵愛，表現的風格是想以清明的政治統一天下，展現自己的政治抱負，嚮往建立偉業。同時由於幼年目睹生民流離的疾苦，眼見當時社會的混亂，他也寫了一些反映戰亂和人民疾苦的詩詞。

西元二二〇年曹丕即位後，直到西元二三二年他去世為止，是屬於曹植的後期。此時期，他受到魏文帝及明帝一連串無情的壓抑和迫害，屢次貶爵徙封，使他遷徙無定，居無定所，骨肉乖違，令他感覺到生命有如風中殘燭，朝不保夕。所以他後期的詩抑揚哀怨，深刻揭露曹丕等人的殘酷。同時也表現出懷才不遇的怨懟，期望自由，反對壓迫的思想。

無論前後期，同樣表現出慷慨任氣的精神。他前期作品的慷慨是屬於爽朗明快，煥發而富希望的一面，而後期的慷慨卻含有滿腔的悲憤。曹植的文學成就受到後人一致的推崇，在文學史上他也遠遠凌駕於他的父兄。晉朝詩人謝靈運曾說：

「天下才共有一石，曹子建一人獨得八斗，我得一斗，自古及今同用一斗。」

有心栽花花不發，無心插柳柳成蔭。曹植一生汲汲追求的政治事業徹底失敗，在王位的爭奪戰中，他成為曹丕的手下敗將。但是在文學的國度裡，他卻輕而易舉地擊潰曹丕，成為帝王，執建安文學之牛耳。陰錯陽差，這對「才高八斗」的曹植或許是最大的諷刺吧！

相對於曹植的詩人性格，曹丕的性格卻是御之以術，矯情自飾。和曹植相同，他也是一位熱中追逐政治權勢的人。曹丕是允文允武的人才，八歲能屬文，有卓爾之逸才，博貫古今經傳、諸子百家之書，並且善於騎射，好擊劍。如此優秀的人才，應該很容易出人頭地；可是他的光芒相較於曹植卻是相形見絀，略遜一籌。由於曹植的影響，曹丕政治舞台的初期黯淡不已，有幾度他幾乎喪失了九五之尊的寶座。但是曹丕不是一個愚人，他知道如何在逆境中求生存。他處事謹慎而城府深沈，他頭腦冷靜且善用權謀。他設計許多細小的舉止言行，一步步爭取曹操的歡心。加上他的參謀吳質等人的大力協助，終於在西元二一七年（建安二十二年）如願登上魏太子的寶座。從此，開始他帝王的政治生涯。

由於從事實際的政治工作，加以歌榭舞台的宮廷生活勢必和現實世界脫節，所以他的詩內容貧乏，題材狹窄，在文學史上的地位遠不如曹植。其中《燕歌行》是現存七言詩中最早的一首，被喻為七言詩之鼻祖。另外，他所著的《典論論文》一篇，對文學體裁的性質及文學創作的批評有很深遠的影響，是中國正式有文藝批評最早的一篇文章。

六、橫槊賦詩

曹操在政治上建立了曹魏時代，同時，在文學上，他也開創了文學史上的新紀元——建安文學，他本人是建安文學的詩人，也是此期文壇的領袖。

「建安」時期從西元一九六年（建安元年）到二二〇年（建安二十五年），它是東漢獻帝劉協被曹操迎接到許都後所建立的一個年號，也是大漢帝國最後一個年號。建安文學即指由漢末到魏明帝（一九六～二三九年）這一段四十餘年的時間裡文學上的突出表現。

建安時代正處於一個政治黑暗的社會中，由於深刻地感受到一股政治紊亂的逆流（這股逆流是和兩漢的太平盛世截然相異的），所以在文學上也起了重大變化，綻放出萬丈光芒。

從漢武帝罷黜百家，獨尊儒術以來，經學就正式成為官定的學問，加上東漢晚年外戚和宦官之間的權力鬥爭，連續兩次的黨錮之禍，嚴重地摧折了士大夫的志氣，同時陰陽五行的讖緯學說又非常流行。種種原因造成了漢末文學的日漸衰弱，整個文壇委靡不振。直到曹操統一了北方，政治環境較以前安定，而曹操本人對文學頗有興趣，加上曹植、曹丕兩兄弟都有很好的文學修養，在三人大力提倡，同時提供有利的北方環境下，沈淪的文學才得以日漸復興。於是，在建安時期，乃形成了一個以曹氏家族為中心的文人集團。

建安文學作家中，最著名的是「三曹」和「七子」。三曹是指曹操、曹丕及曹植父子，其中以曹植最負盛名，被譽為屈原以後最偉大的詩人，是整個建安時代的文學泰斗。七子是指孔融（文舉）、陳琳（孔璋）、王粲（仲宣）、徐幹（偉長）、阮瑀（元瑜）、應瑒（德璉）、劉楨（公幹）等七人，號稱「鄴下七子」。這七人，孔融早為曹操所殺，其餘諸人都是曹家的清客。七人當中，又以王粲最負文譽。建安時代的詩篇，流傳下來的將近三百篇，三曹和七子共占二百三十篇之多，可見這幾人非凡的成就。

建安文學和前期兩漢文學相比較有幾個特色：

第一，就時代來說，東漢至獻帝時，昔日天下統一的太平盛世已經煙消雲散，緊接而來的是社會的動盪不安。建安時代的文人墨客再也沒有閒情逸致去作《子虛》、《上林》，更不可能窮十年之精力來構思《兩京賦》了。可是他們卻能夠繼承樂府民歌的現實主義精神，確切地反映了東漢末年悲慘的社會情況。在漢末的戰火兵燹中，他們只有在戎馬倉皇中橫槊賦詩；在流落他方時登樓作賦。兩漢的貴族文學已經不再吸引他們，他們歌詠不出太平盛世的美景勝事，再也作不出像司馬相如、揚雄、班固等人的那種長篇巨賦。

相反的，漢末亂世的文人，他們對現實亂世的生活有真切的感受，所以寫的是亂世的社會生活，是作者本身蘊藏在心壓抑不住感情的流露，是自己在戰禍中顛沛流離的不幸遭遇。舉凡征戰的痛苦、百姓的流離遷徙、社會的混亂、個人的不幸，都是他們創作的題材，如曹操的《蒿里行》、《薤露行》、王粲的《七哀詩》、陳琳的《飲馬長城窟行》及蔡琰的《悲憤詩》，都是這類作品。

除了淒涼悲哀的作品外，就是悲壯高曠地訴說自己的理想，他們都滿懷雄心壯志要去實現自己的抱負，要為追求國家統一的目標而奮鬥。如曹操在《龜雖壽》中吐露自己「老驥伏櫪，志在千里，烈士暮年，壯心不已」的老年壯志。曹植、王粲等人的作品，也一再表現出這種積極進取的精神。

這類文學作品給人一種氣魄宏偉、慷慨激昂的感受，不像以前的辭賦一味閒談，予人「靡靡之音」的印象。這是建安文學最大的特色。

第二，五言詩也在這個時期成熟了。建安以前，五言詩一般都是平鋪直敘，遣詞用句沒有任何特別的地方。相反的，建安時代的五言詩，不論各方面，如造句、用字、音節等，都獨具匠心，別樹一幟。尤其是到了曹丕，更是脫離了樂府的束縛而能任情抒寫，使五言詩達到了登峰造極之境。他的《燕歌行》也使七言詩完全脫離了楚調而獨立成形。建安以前的七言詩，詩中常帶有「兮」字，嚴格說，它並不能算作七言詩，到曹丕作《燕歌行》，才真正擺脫了楚辭的陰影而有自己的風格；所以後世以《燕歌行》為七言詩之祖。

第三，由於漢末的清議風氣轉移到文學作品方面，自然就產生了文學批評。建安時代正式展開了我國的文學批評史，曹丕的《典論論文》成為我國第一篇文學批評作品。他肯定文章的價值是「經國之大業，不朽之盛事」，把文章分為奏議、書論、銘誄及詩賦四科，說明了四科不同的性質：奏議宜雅，書論宜理，銘誄尚實，詩賦欲麗，並非人人皆能具備，而要視作者的個性和風格而定，不可強求而致。

總之，建安時代的文壇以曹氏父子為領導中心。他們都有文學家的才氣，而又特重文士；能以帝王之尊大力提倡文學，故使此期文風大盛，遂能在一股政治的逆潮中，開創出一片嶄新的面貌，最後終能在文學史上占有舉足輕重的地位。

史書上一段關於曹操允文允武的記載說：

曹操帶兵作戰的三十幾年軍旅生涯中，幾乎是整天手不離書，孜孜不倦。白天，他思考一些軍事策略，如何決勝於千里之外；到了晚上，則埋首於經傳的研習，作一些詩歌，並配上音樂以自娛。

或許是曹操這種天生嗜好文學音樂的個性，使他在追逐政治權力之餘，仍然不遺餘力地提倡文學，領導一代文學的風騷。

在政治上，曹操的所作所為，始終遭到以厚道為重的人所唾罵，而在講求君臣之道的中國古歷史中，成為不仁不義、不忠不孝的代表；成為亂臣賊子的代名詞。但在文學舞台上，他如何流露他的感情呢？他如何藉由詩詞的形式，吐露他內心世界的一點一滴呢？

曹操的文學風格約略可分為兩類：第一類為反映現實人生的詩詞；其次為不滿於苦難的社會，進而想要遺世獨立，嚮往著神仙的幻境。以下我們分別就他的詩風加以評論。

在第一類詩中，又可細分為兩方面，一是描述他本人的政治抱負及理想；一是對漢末流離失所的社會，所吟誦的詩詞。首先讓我們看看他的抱負。

曹操是一個政治人物，他的一生事業無時無刻都和政治緊緊結合。從二十歲正式從政以來，他經歷過太多的政治風暴與人事滄桑。一代梟雄有自己的政治理想，而在詩歌中正可看到這種寄託之情。他把要作為「周公」的心願寫於《短歌行》：

對酒當歌，人生幾何？譬如朝露，去日苦多。
慨當以慷，憂思難忘，何以解憂？唯有杜康。
青青子衿，悠悠我心。但為君故，沈吟至今。
呦呦鹿鳴，食野之苹，我有嘉賓，鼓瑟吹笙。
明明如月，何時可掇？憂從中來，不可斷絕。
越陌度阡，枉用相存。契闊談讌，心念舊恩。
月明星稀，烏鵲南飛。繞樹三匝，無枝可依。
山不厭高，海不厭深；周公吐哺，天下歸心。

這首《短歌行》，把曹操的志願赤裸裸地呈現出來。《短歌行》是一首政治意味非常濃厚的詩，表現出的豪情壯志就是曹操對自己極深的期許。曹操的政治理想是什麼呢？他的太平之世是如何的一個境界呢？

讓我們看《對酒》：

對酒歌太平；時吏不呼門，王者賢且明，宰相股肱皆忠良。
咸禮讓，民無所爭訟。
三年耕有九年儲，倉穀滿盈，班白不負戴。
雨澤如此，百穀用成，卻走馬以糞其土田。
爵公侯伯子男，咸愛其民，以黜陟幽明。
子養有若父與兄，犯禮法，輕重隨其刑。
路無拾遺之私，囹圄空虛，冬節不斷人，耄耋皆得以壽終。
恩德廣及，草木昆蟲。

和《短歌行》比較起來，《對酒》這首詩就有截然不同的味道。前者氣勢磅礴、情感雄厚，帶有絲縷的憂懼之意；相反的，後者是一種期盼，一種發自內心的願望。曹操希望天下太平，他深刻期待宇宙萬物都可以生生不息地繁衍，身處亂世的曹操，《對酒》是他心目中理想的烏托邦世界。他不滿於現實社會和苦難人生，他要天馬行空地去找尋他的夢想；這首詩同時也表現出儒家的禮運大同世界，以及道家老死不相往來的無為天下。《對酒》足以貼切地透露出曹操晚年的心境吧！

和前兩首詩有類似意義的尚有幾首，先看《度關山》：

天地間，人為貴；立君牧民，為之軌則。
車轍馬跡，經緯四極，黜陟幽明，黎庶繁息。
於鑠賢聖，總統邦域；封建五爵，井田刑獄。
有燔丹書，無普赦贖，皋陶甫侯，何有失職。
嗟哉後世！改制易律，勞民為君，役賦其力。
舜漆食器，畔者十國；不及唐堯，采椽不斲。
世嘆伯夷，欲以厲俗，侈惡之大，儉為共德。
許由推讓，豈有訟曲，兼愛尚同，疏者為戚。

在群雄並起，據地為王，互相砍殺的動盪時代裡，曹操非常崇尚堯舜的盛王之治。在過了大半輩子席不暇暖的野戰生活後，他是多麼盼望兼愛非攻的世界儘早出現。在詩中，我們也清楚地看到曹操具有儒家、法家及墨家的三種思想。一則他強調天地之大，以人為貴，上天樹立君王治理人民，也只不過是一種準則而已；另則，他有法家嚴刑峻法的思想。曹操的一生始終十分節儉，他不奢華，「侈惡之大，儉為共德」，他的德性中，似乎深埋著墨家儉省的習性。「許由推讓，豈有訟曲，兼愛尚同，疏者為戚。」曹操在此似乎暗示，他無法像許由一樣讓出自己的地位，這種高貴的情操是凡人所難以辦到的。這種不能把政治權力交予他人的想法，和他在《讓縣明志令》中所表白的十分相似。再如《善哉行》：

古公亶甫，積德垂仁，思弘一道，哲王於豳。
太祖仲雍，王德之仁，行施百世，斷髮文身。
伯夷叔齊，古之遺賢，讓國不用，餓殂首山。
智哉山甫！相彼宣王，何用杜伯，累我聖賢。
齊桓之霸，賴得仲父；後任豎刁，蟲流出戶。
晏子平仲，積德兼仁，與世沈德，未必思命。
仲尼之世，王國為君，隨制飲酒，揚波使官。

一方面他羨慕太王古父亶甫能夠領導周人，把周朝的國力提振起來，為後世奠定了穩固的基礎；也想效法太王，為他的曹魏立下萬世不朽的基石。但另一方面，他身為漢臣，禮教的傳統約束他不可有非分之想，仲尼的春秋大義不停地縈繞在他的腦海，壓抑著他，不可踰越君臣之分。曹操自覺身處這種矛盾之中。在詩中，他讚美太伯、仲雍、伯夷、叔齊讓國的精神，而責怪山甫、管仲之為德不卒，不能任用賢能。本詩雖然用典多，但卻能一氣呵成，依舊保有純樸古質的味道。

人生短促如朝露，縱使馬齒增長，鬥志雄心卻絲毫未減當年，仍是滿懷壯志。因為他的理想還沒有實現，且看《步出東西門行》：

雲行雨步，超越九江之皋。臨觀異同，心意懷遊豫，不知當復何從。
經過至我碣石，心惆悵我東海。
東臨碣石，以觀滄海。水何澹澹，山島竦峙。
樹木叢生，百草豐茂，秋風蕭瑟，洪波湧起。
日月之行，若出其中，星漢燦爛，若出其裡。幸甚至哉！歌以詠志。
孟冬十月，北風徘徊，天氣肅清，繁露霏霏。

鵾雞晨鳴，鴻雁南飛，鷙鳥潛藏，熊羆窟棲。
錢鎛停置，農收種場，逆旅整沒，以通賈商。幸甚至哉！歌以詠志。
鄉土不同，河朔隆寒，流澌浮漂，舟船行難。
錐不入地，豐藾深奧，水竭不流，冰堅可蹈。
志隱者貧，勇俠輕非，心常嘆怨，戚戚多悲。幸甚至哉！歌以詠志。
神龜雖壽，猶有竟時；騰蛇乘霧，終為土灰。
老驥伏櫪，志在千里；烈士暮年，壯心不已。
盈縮之期，不但在天，養怡之福，可得永年。幸甚至哉！歌以詠志。

曹操將自己形容作「老驥」、「烈士」，他表明自己縱然已非昔日的駿馬，但仍有千里馳騁的豪情壯志。

身為一位洞察力敏銳的詩人，對於現實殘酷的社會，曹操時有赤裸裸的悲嘆。他有時會盡情流淚地訴說喪父之痛。在梟雄的背後，也有他的情感表現。先看《善哉行》的另一首：

自惜身薄祐，夙賤羅孤苦，既無三徒教，不聞過庭語。
其窮如抽裂，自以思所怙，雖懷一介志，是時其能與？
守窮者貧賤，惋嘆淚如雨，泣涕於悲夫，乞活安能睹。
我願於天窮，琅邪傾側左，雖欲竭忠誠，欣公歸其楚。
快人由為嘆，抱情不得敘，顯行天教人，誰知莫不緒。
我願何時隨？此嘆亦難處。今我將何照於光曜？釋銜不如雨。

人生最可痛者，莫過於喪父之痛，曹操對於父親之死，始終抱著強烈的愧疚感，他的父親雖死於敵手，但間接的起因卻是曹操。子報父恩猶恐不及，更何況因自己而導致父親的喪命呢？天人永隔，再也無「三徒教」，無「過庭語」，他能不惋嘆淚如雨嗎？

所謂月是故鄉圓，每一個人都有思鄉的情愫，這不是任何外力所能勉強的，而是完全發自於人的天性。試看《卻東西門行》：

鴻雁出塞北，乃在無人鄉，舉翅萬餘里，行止自成行。

冬節食南，春日復北翔。
田中有轉蓬，隨風遠飄揚，長與故根絕，萬歲不相當。
奈何此征夫，安得去四方，戎馬不解鞍，鎧甲不離傍。
冉冉老將至，何時歸故鄉？
神龍藏深泉，猛獸步高崗，狐死歸首丘，故鄉安可忘？

戰亂中的人民，就如同鴻雁候鳥一般，四處飄泊，無枝可依。幾十年的戎馬兵燹生涯，何時方能休止？少小離家，如今已「冉冉老將至」，何時能夠榮歸故鄉呢？「越鳥朝南枝，胡馬依北風」，禽獸都有葉落歸根的認同感，何況是人呢？縱使天涯隔絕，征夫豈可忘故鄉，曹操又焉能忘卻故鄉田園呢？類似於《卻東西門行》，描述軍旅生活及故里思念的，另有一首為《苦寒行》：

北上太行山，艱哉何巍巍，羊腸坂詰屈，車輪為之摧。
樹木何蕭瑟，北風聲正悲。熊羆對我蹲，虎豹夾路啼。
谿谷少人民，雪落何霏霏。延頸長嘆息，遠行多所懷。

我心何怫鬱？思欲一東歸。水深橋梁絕，中路正徘徊，
迷惑失故路，薄暮無宿棲。行行日已遠，人馬同時飢。
擔囊行取薪，斧冰持作糜，悲彼東山詩，悠悠令我哀。

這是曹操本人最傷感的親身體驗，雪落霏霏的行軍生活，到處是凶猛的豺狼虎豹想伺機吞噬征人。

冷冷的北風宛如在吹奏著輓歌。走在杳無人煙的道路上，忽然感覺出薄暮無可止宿的淒涼。回想起這樣的命運，那首東山詩豈不是最好的寫照嗎？

這首詩真切地描繪出一個久經征戰的戰士心中悲慟的感受，直接寫出征夫充塞於內心的憂情，絲毫沒有故意誇張或造作。對情景的交代，異常傳神，真是悲慘動人，讓讀者們感動不已。

曹操有崇高的理想，他想聯合袁紹等人共除董卓匡正天下，給無辜的百姓喘息的機會。但是袁紹等人能摒除私心嗎？在《蒿里行》中，曹操寫道：

關東有義士，興兵討群凶，初期會盟津，乃心在咸陽。

軍合力不齊，躊躇而雁行，勢利使人爭，嗣還自相戕，
淮南弟稱號，刻璽於北方。鎧甲生蟣蝨，萬姓以死亡。
白骨露於野，千里無雞鳴。生民百遺一，念之斷人腸。

一方面對戰後淒涼破壞的景象，有著深刻詳實的描繪；另一方面，他痛恨聯軍們個個師心自用，爾虞我詐，互起內訌，因而無法一舉消滅董卓，最後受苦受難的還是百姓。「生民百遺一，念之斷人腸」，這是多麼悲天憫人的話語啊！這和他屠殺彭城無辜的百姓相對照，梟雄的多重性格，不禁使人疑惑。再看《薤露行》：

惟漢廿二世，所任誠不良，沐猴而冠帶，知小而謀彊，
猶豫不敢斷，因狩執君王。白虹為貫日，己亦先受殃。
賊臣持國柄，殺主滅宇京，蕩覆帝基業，宗廟以燔喪，
播越西遷移，號泣而且行。瞻彼洛城郭，微子為哀傷。

這是描述何進計畫誅除宦官，因猶豫不決而遭殺害，以及董卓的倒行逆施。對於

當時政治的紊亂，他振筆疾書，淋漓盡致地批評。

第二類是描寫憧憬神仙生活的詩詞。在政治上，曹操講求實際，著重現實；但在生活上，對於神仙術，他卻抱著濃厚的興趣。久經沙場的老將，當感覺到精疲力竭時，就渴望發現一個人間仙境。而這與魏晉學術思潮上，神仙怪異的流行也能密切配合。先看他的《精列》：

厥初生，造化之陶物，莫不有終期。
莫不有終期，聖賢不能免，何為懷此憂；願螭龍之駕，
思想崑崙居。思想崑崙居，見期於迂怪，志意在蓬萊。
志意在蓬萊，周孔聖徂落，會稽以墳丘。
會稽以墳丘，陶陶誰能度，君子以弗憂；年之暮奈何，時過時來微。

曹操看著滿地平沙白骨，再仰望著天上無數的繁星，他有了一個羽化登仙的幻想，他想駕著龍，飛到崑崙、蓬萊的仙界，他不願再目睹人間的生死哀痛。曹操此刻興起了遺世獨立的念頭。再看《陌上桑》：

駕虹蜺，乘赤雲，登彼九疑摩玉門。
濟天漢，至崑崙，見西王母謁東君。
交赤松，及羨門，受要秘道愛精神。
食芝英，飲醴泉，拄杖桂枝。
佩秋蘭，絕人事，遊渾元，若疾風遊欻飄飄。
景未移，行數千，壽如南山不忘愆。

這是一篇典型的神仙詩，裡面講到的無非是崑崙、西王母、赤松子一類神仙人物，在《陌上桑》裡，曹操似乎感覺到人的生命和肉體是多麼卑微藐小，而天的意志又是何等強大。試看《秋胡行》之一：

晨上散關山，此道當何難！牛頓不起，車墮谷間。
坐盤石之上，彈五弦之琴，作為清角韻。
意中迷煩，歌以言志，晨上散關山。
有何三老公，卒來在我傍。有何三老公，卒來在我傍？

負衾被裘，似非怕人。謂卿云何困苦以自怨，徨徨所欲，來到此間？
歌以言志，有何三老公？
我居崑崙山，所謂者真人。我居崑崙山，所謂者真人。
道深有可得，名山歷觀，遨遊八極。
枕石漱流飲泉，沈吟不決，遂上升天。
歌以言志，我居崑崙山。
去去不可追，長恨相牽攀。去去不可追，長恨相牽攀。
夜夜安得寐，惆悵以自憐。
正而不譎，辭賦依因，經傳所過，西來所傳。
歌以言志，去去不可追。

這是描述一位心情苦悶煩躁的人，獨自一人到山中去彈琴解憂，悠揚的琴聲，引來了一位自稱居住於崑崙山的老人，在一番交談後，這位內心鬱悶的人瞭解到自己是庸人自擾。而當老人消失後，他也只好惆悵以自憐。這首詩，有憧憬的願望，有現實的失望。曹操矛盾的情感是微妙而複雜的。看《秋胡行》之二：

願登泰華山，神人共遠遊。願登泰華山，神人共遠遊。
經歷崑崙山，到蓬萊。飄颻八極，與神人俱。
思得神樂，萬歲言期。歌以言志，願登泰華山。
天地何長久！人道居之短。天地何長久！人道居之短。
世言伯陽，殊不知老；赤松王喬，亦云得道。
得之未聞，庶以壽考。歌以言志，天地何長久。
明明日月光，何所不光昭！明明日月光，何所不光昭！
二儀合聖化，貴者獨人不？萬國率土，莫非王臣。
仁義為名，禮樂為榮。歌以言志，明明日月光。
四時更逝去，晝夜以成歲。四時更逝去，晝夜以成歲。
大人先天，而天弗違。不戚年往，憂世不治。
存亡有命，慮之為蚩。歌以言志，四時更逝去。
戚戚欲何念！歡笑意所之，戚戚欲何念！歡笑意所之。
壯盛智慧，殊不再來。愛時進趣，將以惠誰？
汎汎放逸，亦同何為。歌以言志，戚戚欲何念？

整首詩充滿了神仙的幻想，神人、崑崙、蓬萊、赤松、王喬等貫穿了全文。

再看一樣具有神仙幻想的詩《氣出唱》：

駕六龍，乘風而行。行四海外，路下之八邦。
歷登高山臨谿谷，乘雲而行。行四海外，東到泰山。
仙人玉女，下來遨遊。驂駕六龍飲玉漿。
河水盡，不東流。解愁腹，飲玉漿。
奉持行，東到蓬萊山，上至天之門。
玉闕下，引見得入，赤松相對，四面顧望，視正焜煌。
開玉心正興，其氣百道至。傳告無窮閉其口，但當愛氣壽萬年。
東到海，與天連。神仙之道，出窈之冥，常當專之。
心恬澹，無所惕。欲閉門坐自守，天與期氣。
願得神之人，乘駕雲車，驂駕白鹿，上到天之門，來賜神之藥。
跪受之，敬神齊。當如此，道自來。

《其二》：

華陰山，自以為大。高百丈，浮雲為之蓋。

仙人欲來，出隨風，列之雨。

吹我洞簫，鼓瑟琴，何誾誾！

酒與歌戲，今日相樂誠為樂。玉女起，起舞移數時。鼓吹一何嘈嘈。

從西北來時，仙道多駕煙，乘雲駕龍，鬱何蓩蓩。

遨遊八極，乃到崑崙之山，西王母側，神仙金止玉亭。

來者為誰？赤松王喬，乃德旋之門。樂共飲食到黃昏。

多駕合坐，萬歲長，宜子孫。

《其三》：

遊君山，甚為真。磪𥓔砟硌，爾自為神。

乃到王母台，金階玉為堂，芝草生殿旁。

東西廂，客滿堂。主人當行觴，坐者長壽遽何央。
長樂甫始宜孫子。常願主人增年，與天相守。

身為一個政治人物，曹操沒有多餘的閒情逸致去享受多采多姿的文學世界，因此他的文學作品就不如他的兒子曹植、曹丕。他的作品多數是在兵荒馬亂的軍旅生活中隨興而來的一筆，因而多詩賦歌詞而絕少長篇大論。但是曹操所賦予詩的感情是豐富的。他寫人生如朝露、生命苦短的悲嘆；他寫無情的戰亂造成人民的顛沛流離，帶給社會不可言喻的痛苦；同時他也寫自己為事業而奮鬥的豪情壯志，如他的名句：「老驥伏櫪，志在千里，烈士暮年，壯心不已。」雄心如此之浩瀚，壯志如此之渾厚。

曹操的詩風可以歸之為雄壯、豪邁一派。就如鍾嶸在《詩品》中說：

「曹公古直，頗有悲涼之句。」

就描寫社會、理想抱負而言，曹操的作品應該居於上品，所以清人王士禛說：

「下品之魏武，宜在上品。」

相反的，他憧憬神仙的作品就令人不敢恭維，氣勢稍嫌薄弱，文學上的價值為之大減。鍾嶸之所以會把曹操列入下品，就是對他整體性的成就而言。畢竟，經由觀察體驗自身周遭環境而產生的作品，是優於天馬行空的幻想世界的。

一首《短歌行》令後世沈吟至今，我們撇開他在政治上的是非功過，他對於建安文學的締造以及他在文學世界的成就，是可以受到肯定的，更難能可貴的是，能在東漢末年混亂的時代中，替這動亂的世界注入一股全新的氣息，他在此的表現是不凡的。

除了自身的文學成就以外，曹孟德也做了一件大快人心的事，就是他自匈奴人的手中，救回了漢末女詩人——蔡琰，此事的原委，須從她的父親蔡邕談起。

曹操和東漢末年大文學家蔡邕是朋友。蔡邕，字伯喈，陳留郡（今河南省陳留縣）人。漢靈帝時，著名的熹平經文就是出於他的手筆。

蔡邕嗜好音樂。在西元一七〇年（漢靈帝建寧三年），被召補河平長，接著又升為郎中，校書東觀，復遷議郎。蔡邕認為古代所傳下來的經籍，因年深日久，輾轉抄寫，已經是錯誤百出，有誤於後學，因而奏請靈帝訂正五經文字。靈帝應允，蔡邕乃自書冊於碑，刻石立於太學門外，一時觀視和摹寫的非常多；此乃著名的熹平經文。

那時朝政紊亂，蔡邕上奏靈帝痛陳得失，因而得罪小人，招致誣陷而鋃鐺入獄，後與家屬充軍北方。但蔡邕的仇家欲致其於死，派遣刺客追殺，由於刺客不忍下手，蔡邕乃幸免於難。

蔡邕被充軍到五原，上奏其所著《十意》，靈帝嘉其才高，適逢朝廷大赦，因之得免，任令其回鄉。但他知道小人終不罷休，遂不敢回鄉，而流亡到江蘇。當地有人燒桐木煮飯，他聽見桐木焚燒之聲，知道是塊良材，於是要來做琴，其發音果然美妙。由於琴的尾部猶有焦痕，時人因而名為「焦尾琴」。

當董卓握權後，極重蔡邕之名，乃召他進京，不意為其所拒。董卓一怒之下，揚言族滅其家，蔡邕無奈只得進京。董卓派他做傳書御史，後遷尚書。西元一九〇年（獻帝初平元年），拜左中郎將，並隨獻帝遷往長安，封高陽鄉侯。

後來，董卓為王允所誅，蔡邕對著王允悼念董卓，引起王允的不悅，將他交付有司治罪。蔡邕要求在獄中繼成漢史，但不為王允所許，蔡邕終於死於獄中，年六十一。當其時，得蔡邕死訊者莫不流涕。

蔡邕性情篤孝，母親病了三年，他不眠不休地服侍於病榻之前。母親死後，他又守墓三年。根據史書說，一些兔子圍繞在他房外，墓前的樹木也生出了連理枝椏，遠近之人以為係孝道感動了天地，於是都去慰問他。

蔡邕死後，遺有一女，名琰，字文姬，其文學頗有乃父之風，最初嫁給衛氏，夫死無子。董卓亂政時，她沒有隨著父親到長安，仍住陳留。當曹操等人興兵討伐董卓之際，董卓曾派李傕、郭汜擊破河南，並騷擾中牟、陳留一帶。李、郭軍中的胡人殺掠男女，也同時俘虜了蔡文姬。

文姬被擄後，落入南匈奴，為左賢王所納；生有二子，在南匈奴居留十二年之久。

曹操與蔡邕為友，得知文姬羈留匈奴之事，於是特派使者以金璧將之贖回。文姬歸漢後，見故園殘破，家破人亡，又目睹社會悲慘，加以感嘆己身遭遇，因而寫下《悲憤詩》；詩中道盡了世間悲哀之情。文姬同時也整理了父親蔡邕所留下的古書，將之保存，傳於後世；這對古籍維護，頗有貢獻。

【下 篇】

是非爭議

一、負面評價

宋司馬光《資治通鑑・論曹操上》

司馬光說他從曹操的遺詔中看出一件曹操的陰謀。通常人臨終之前所交付的遺言必然是最重要的事，而就曹操而言，禪讓是最重要的事了。但是令人百思不解的是，今天曹操捨棄當務之急，而諄諄所言的竟是一些如何分香賣履、如何處理家人婢妾的繁瑣雜事。曹操將這些小事交代得一清二楚，至於禪代大事卻隻字不提，這其中實藏有極大的心機。

曹操的如意算盤是：假如我沒有提到漢禪讓於魏之事，等我死了後，我的子孫再實現禪讓，那是他們的責任，後人要批評曹家，只要責怪曹丕以下的若干人，完全與我無關。但事實上，在曹操死前，漢政權已掌握在曹家手中，獻帝只不過是一名傀儡皇帝而已。曹操心裡有數，獻帝禪讓於曹丕，只是指顧之間的事，而曹操絕口不提此事，是刻意要沽名釣譽，讓後人認為他是一守節的臣子，因為他自始至終執守君臣之禮，故他仍能享漢臣之名。

司馬光觀察曹操一生的所作所為，以為全是虛偽造作，無一發自內心。所謂生活上的節儉，如噉野葛、飲鴆酒，都是想博取美名而已。曹操之所以會有這些沽名釣譽的行為，是因為他負天下人實在太多，恐怕遭受到報復，故博取善名以欺騙世人。相同地，他的遺令亦然，其終極目的，是欲矇騙後代，欺世盜名罷了。

司馬光認為，曹操本來就有篡漢的野心，只是沒有表示出來而已。他的種種作為全是虛情假意，欲蓋彌彰，這更顯出曹操虛偽矯詐的一面。

明・尹起華《論曹操》

尹起華認為，自從董卓亂政以來，天子始終流離顛沛，四處逃亡奔走。在這段期間，未曾聽說曹操有什麼勤王之舉。等到皇上回駕洛陽，曹操才入朝勤王，他的陰謀只不過想挾天子以令諸侯，哪是真心想要扶持皇室。洛陽是漢室宗廟所在，不幸遭受戰亂摧殘，此刻正需修復整理，但是曹操卻反其道而行，放棄洛陽故居，反把獻帝移駕許都。至此，曹操存何居心已昭然可見。

尹起華認為曹操之所以迎駕獻帝，只不過是想利用他，以逞挾天子以令諸侯之目的罷了，曹操這種無君的行為，實罪不勝誅。獻帝在洛陽時，還勉強可算是共主，待至遷到許昌之後，則為曹操玩弄於股掌之間，這實在令人髮指。

明・程敏政《曹操論》

曹操頗自負於自己的聰明才智，他曾說：「我哪有四隻眼睛，只不過是足智多謀而已！」

對此，程敏政深不以為然。他認為曹操之所以不立即敗亡，乃是出於上天的庇祐。當初曹操攻打張繡、劉備兩人時，遠紹大將田豐曾兩度勸說袁紹應乘機奪取許都；官渡之戰時，孫策也曾部署軍隊準備襲擊許都；而後曹操追逼袁紹、攻擊烏桓，劉備也力勸劉表襲奪許昌。

如果這三件事有一計成功，那曹操早已敗亡，只可惜袁、劉二人未能接受建議，錯失良機，這難道不是上天庇祐曹操嗎？

程敏政以為，或許有人會說：曹操雖然出外遠征，但許都必然留有重兵，偷襲許都之策，未必能保絕對成功。

事實上，當初關羽攻打襄陽，曹操親眼目睹，但他束手無策，還建議遷都，暫避關羽鋒芒。

見此局面就已束手無策，卻奢言出奇制勝；遭遇那麼多危機，還猶直言多智，這實是欺人之語啊！所謂智者，必要有萬全之道，而無欲速之心，哪能像曹操這般妄圖僥倖呢？

明・王世貞《論曹操》

王世貞指出，他厭惡曹操的巧詐，也惋惜曹操的笨拙。曹操身為輔佐漢朝的命臣，不知安邦定國，反而乘機挾天子以令諸侯，收四海之權而私授予曹家；實質上既已篡奪漢室政權，但在表面上卻又一再表示以臣道而終，這豈非「此地無銀三百兩」？此種巧詐實令人厭惡。

當獻帝時，天下土崩瓦解，一干軍閥為所欲為，東漢的覆亡僅是指顧間事，和曹操是否存在沒有太大的關係。此時，即使諸葛亮的政策也無法得到世人的認同，人心早已歸向曹魏，這點難道曹操不明白嗎？而曹操卻不積極收拾人心，反而大肆屠殺忠良，罷廢儀節，最後乃至發生弒后辱主之大不韙，此乃曹操笨拙之處。

清・顧炎武《日知錄》

顧氏認為東漢光武帝鑑於王莽時代頌德獻符的不良風氣，乃特別尊崇節義，敦勵名實，使敗壞的風俗為之一變。即使到了東漢末年，國事日非，黨錮流行之際，仍有一批依仁蹈義、捨命不渝的獨行者。三代以下，風格之美沒有高過東京（洛陽）的。漢末之所以能傾而未頹，決而未潰，實是這種風俗所致。

不幸的是，曹操獎勵跅弛之士，召求負污辱之名、見笑之行、不仁不孝、而有治國用兵之術者；於是權詐迭進，姦逆萌生，破壞了東漢以來優美的風俗，對當代人心有不可言喻的影響。

民國・胡秋原《亂世奸雄曹操》

大體而言，胡秋原先生對曹操極為不齒，並將之比為史達林、毛澤東者流。以下就篡漢和摧殘士氣兩方面，略述胡先生的看法。

一、篡漢：

陳壽的《三國志・武帝本紀》將曹操的一生分為三個時期。㈠由其出生至討董卓之戰（一五五～一九五年）；㈡遷獻帝於許都至赤壁之戰（一九五～二〇八年）；㈢赤壁戰後積極進行篡漢之計畫（二〇八～二二〇年）。

胡先生提到，赤壁戰後十一年間，為了進行篡漢，曹操先攻馬超、韓遂，繼降張魯，再三擊孫權，然都無功而退；出兵烏桓，烏桓請服。西元二一八年（建安二十三年），曹操親自率軍攻打劉備，戰於漢中。曹軍將領夏侯淵與劉備相持逾年，二一九年（建安二十四年），定軍山一戰，夏侯淵為黃忠所殺，劉備遂稱漢中王。同時，曹操命曹仁由樊城攻關羽，關羽大破于禁；但孫權突襲關羽，斬關羽父子，並向曹操稱臣。陳群勸曹操登九五之尊。曹操回答：

「若天命在吾，吾為周文王矣。」

周文王並未滅商，而其子武王乃打敗商紂建立周朝。曹操意謂，假如天命歸曹家，那我只要做文王就行了，畢竟文王留給後世的是忠臣的美名；至於武王，就留給曹丕好了。次年正月至洛陽，不久去世，子曹丕正式篡漢。

在此十一年間，曹操始終為「為周文王」布置，他不斷擴張他的權勢與虛榮。

西元二一〇年（建安十五年）造銅雀台於鄴，以丕為五官中郎將，置官屬，為副丞相。

西元二一三年（建安十八年），獻帝依曹操之意，以冀州十郡封曹操為魏公，仍領冀州牧，加九錫（九錫乃是古天子為優禮大臣而賜的九種器物，包括車馬、衣服、樂器、朱戶、納陛、虎賁、弓矢、鈇鉞、秬鬯；大體而言，九錫乃為阿諛權臣之用），由潘勗頒詔，歷數曹操之功，詔文中一連九稱「此又君之功也」；曹操一再謙辭，終於「悚懼受詔」。於是建魏社稷宗廟於鄴，又置尚書侍中六卿之官，蓋欲以魏代漢。又始耕藉田（天子親自耕田，以勸農事）。

西元二一六年（建安二十一年），獻帝進魏公為魏王。

西元二一八年（建安二十三年），設天子旌旗出入，曹丕稱魏太子，一切號令皆自鄴，許都的獻帝真所謂贅旒了。

在此過程中，曹操還一步步地逼辱獻帝。獻帝自從都許以來，左右侍衛皆為曹氏之人。議郎趙彥曾給獻帝獻策，曹操就殺了趙彥。有次曹操入朝見獻帝，獻帝不勝恐懼地說：

「君若能輔助則厚；不爾，幸垂恩相捨。」

舊時儀制，三公領兵入朝拜見天子，虎賁必執刃挾之，以防大臣異心；曹操謁見出來後，汗流浹背，從此不敢再入朝見獻帝。

西元二〇〇年（建安五年），董承圖叛曹操失敗，董承及其女兒董貴人都遭曹操毒手。二一三年（建安十八年），曹操把三個女兒曹憲、曹節、曹華送入後宮為貴人。伏皇后因此心生恐懼，寫了一封信給她的父親伏完，敘述曹操殘逼之狀，希望父親能除掉曹操。二一四年（建安十九年），東窗事發，曹操大怒，派御史大夫郗慮收皇后璽綬，尚書令華歆為副，勒兵入營，逮捕伏皇后。伏皇后藏在壁中，華歆破壁把她拉出，當時漢獻帝在外殿，伏皇后披髮跣足從獻帝面前經過，伏皇后拉著獻帝的手說：

「不能相活耶？」

獻帝說：

「我亦不知命在何時！」

並回頭對郗慮說：

「郗公天下寧有是耶？」

伏皇后被幽禁而亡，所生的兩個皇子皆被酖殺，兄弟宗族死者百餘人。

過去的史家大都痛斥曹操竊人之國，刻遷太子，以西伯自居而使其子篡逆，故大加笞伐。對這些以君權正統為本位而批評曹操的看法，胡先生頗不以為然，他認為：

中國歷代政權的轉移，大抵以征誅為主；但殺人流血以後，總要有點建國的本領。漢末皇帝大都昏庸，如果為生民安命，將其驅逐，並無不可，只是曹操既無真正的本領，更無救國安民之心，假勤王之名竊人之國，卻又不敢公然盜取，才造成他陰賊險狠、酷虐變詐的行為。

但是單獨責備曹操並不公平，因為曹操的行為也是時代的產物，宦官、外戚、官吏、軍閥亂政，而曹操當時也正發揮這四種腐敗因素的毒性，並用以博取最大的權力。他對獻帝殘忍，那只是一家一姓受害；他對政敵殘忍，不僅殺其人且滅其族，這已是不必要的殘忍；至於作戰中動輒屠殺、掘水灌城、坑殺降卒，這則是想做皇帝而又無能的殘忍，似已幾近於變態了。

在同樣的時代環境下，董卓、袁紹、孫權之流，也是殘忍而狡詐的。如袁紹不聽田豐之言招致失敗，卻反而殺田豐以洩憤；孫權命呂蒙攻黃祖，屠沔陽城（今陝西省沔縣）；他們同是亂世所造出的奸雄。問題是，何以在那一群奸雄中，曹操能得到最後的勝利呢？

胡先生認為：曹操勝利的最大原因，是他搶先一步，遷獻帝於許都，得以挾天子以令諸侯。在曹操的主要敵人中，呂布是一個僅恃武藝而亂鬥之人，不值一提。袁術、袁紹兄弟以四世三公之望，竟然兄弟相仇，實均有篡漢之意；只是袁術無憂國憂民之心，最早稱帝；而袁紹則勝之甚遠，一時在人望勢力方面皆遠勝曹操。沮授老早就力勸袁紹復宗廟於洛邑，後來田豐復勸袁紹迎接天子於鄴，但袁紹皆不從。等到曹操遷獻帝於許都，袁紹後悔已晚矣。此外，袁紹連年與公孫瓚作戰，而曹操則先屯田而後作戰，亦是勝負關鍵之所在。這些情形正表示四世三公的世家豪族早已腐敗，在智力上遠不如流氓出身的曹操。

其次，在用人方面，袁紹雖空有禮賢下士之名，實際上，他的親信僅為子弟親戚；而曹操則多方羅致人才，文武之士甚至大都來自敵手，如大將張遼乃呂布舊部，張郃為袁紹舊部。此乃由於曹操挾天子以令諸侯，慷國家之慨，不吝爵賞；而且當時漢人名節自重之風已失，世人多但求進身之路了。

二、摧殘士氣：

漢人重視名節的風氣雖逐漸蕩然，但漢末清議復振，輿論仍有相當大的力量。於是曹操一方面再三下令求取有才無德之人；另一方面盡量起用當時名士和故家望族子弟。

曹操在荊州的軍事雖然失敗，但卻得到荊州的一批文士，他以王粲為祭酒，興造制度，又網羅文人於其二子左右。《三國志・王粲傳》稱曹丕、曹植「皆好文學」，王粲、徐幹、陳琳、阮瑀、應瑒、劉楨「並見友善」，而曹丕《典論》又以孔融居首，於是有建安七子之名（其實孔融早已被殺，但六朝文人仍津津樂道）。

由於曹氏父子的提倡，文風大盛，人才輩出，「彬彬之盛，大備於時」。但是這些五官將文學的實際身分如何呢？《三國志注》引《文士傳》說：

「太子（曹丕）嘗請諸文學，酒酣坐歡，命夫人甄氏出拜，坐中眾人咸伏，而楨獨平視。太祖聞之，乃收楨，減死輸作（罰磨石）。」

《世說新語》載：王粲喜歡聽驢子的叫聲，死後曹丕前來弔喪，告訴同來的人說：「王粲喜歡聽驢子的叫聲，你們各學著叫一聲來送他吧！」於是同來的人都各學了一聲驢叫。

《三國志注》引《魏略》記載邯鄲淳事：

「太祖遣淳詣植。植初得淳甚喜，延入坐，不先與談。時天暑熱，植因呼常從取水自澡訖傅粉，遂科頭拍袒，胡舞五椎鍛（五禽戲），跳丸擊劍，誦俳優小說數千言訖，謂淳曰，邯鄲生何如耶？於是乃更著衣幘，整儀容，與淳評說混元造化之端。」

是年為西元二〇九年（建安十四年），邯鄲淳為《魏略・儒宗傳》第一人，是時已是老儒，而曹植年方十八歲，故盧弼曰：

「子建狂態如此，孟德家風使然。」

再如曹丕「嘗召質（吳質）及曹休歡會，命郭后出見質等，帝曰，卿仰諦視之」。可見曹氏父子從不曾真正尊敬文人，他們只是把文人當作侍婢看待。無怪乎清人王鳴盛說：後世文人浮華之習，始於建安七子。以前司馬遷對武帝的文學侍從有倡優同蓄之憤語，而曹操以文學為其子之侍從，其目的也不過是想使文人歌頌其為「周文王」而已。只是籠中之鳥，豈有鳳鳴？建安以後，文人竟爭相以此為榮，真可謂士風之一大墮落。

曹操對文人雖大量籠絡，但得逞之後，對那些不受牢籠之人，便開殺戒，加以殘害。史書上以腹誹論罪、言論殺人始於秦始皇，然其所殺名士尚不多。始皇之後，漢末黨錮最為著名，但這是宦官的殘毒，而被害者也只是陳蕃、李膺等少數領袖，其他僅僅施以禁錮（褫奪公權）。至於有計畫地屠殺名士則始於曹操，其子曹丕繼之，司馬氏父子又繼之，至於六朝幾成風氣。

曹操是這種殘殺士人風尚的始作俑者，此乃曹操罪大惡極之處。這些被殺乃至滅族的人，並非真在政治上能夠威脅曹操；曹操的殺人動機，一由於宦官的習性，二由於嫉妒心，三則是凡不能助其篡漢之事者皆是敵人。故如邊讓、荀彧、魏諷、孔融等文人皆死於曹操之手。

在大亂的時代，文人希望有力者保護自己的安全，本無可厚非。可是若只懷功利之心，不問生民禍福，協助奸雄，製造亂世則不可輕宥。不幸三國名士大都如此。例如郭嘉「初往見袁紹，居數十日，曰：夫智者審於量主，故百全而功名可立。袁公不知用人之機，多端寡要，好謀無成，欲與定王霸之業，難矣！」後來郭嘉去拜見曹操，和曹操共論天下大事，曹操覺得郭嘉乃可用之材，即以其為司空祭酒，郭嘉便高興地說：

「真吾主也。」

又如杜襲在荊州時告訴繁欽：

「吾所以與子俱來者，徒欲龍蟠幽藪，待時鳳翔。」

而趙儼亦以曹操能「匡濟華夏」而歸之，這與民國初年的政客心理正不謀而合。曹操就是利用這種心理，以棍子與紅蘿蔔操縱文人，終至宣布了求取有才無德之士的「求賢令」，換言之，即求取不惜傷天害理，但效忠其個人的家奴。如為其殺害伏皇后的郗慮、華歆，歌頌其加九錫的潘勗。

校事盧洪、趙達擅作威福，高柔進言曹操嚴懲，曹操卻說：

「要能刺舉而辦眾事，使賢人君子為之，則不能也。」

昔叔孫通用群盜良有以也。又如辛毗，本是袁紹的人，袁譚派其向曹操求和，他卻反教曹操攻鄴。曹操所用之人，大抵都像此類鷹犬俳優，是以像賈詡、董昭之輩，但以佯愚保身。和洽就曾說：

「昏世之主，不可黷近。」

所謂昏世之主，即是亂世奸雄。當然漢人名節自重之風未盡泯滅。如南陽宗世林素來鄙視曹操，不肯和他交往，曹操做了司空後，就從容地問宗世林：

「可以交未？」

宗世林答：

「松柏之志猶存。」

又如田疇，雖曾經幫曹操安定邊境，卻堅持拒絕曹操授予的官爵，甚至以死相拒，曹操亦無可奈何。然而靖節之士畢竟只是鳳毛麟角，曹魏之後，東漢淳美風俗便不復存在。

在曹操治下，「鮮卑丁零，重譯而至；單于白屋，請吏率職」，保持了中國對外的聲威，他又採用棗祗的建議興屯田，使人民免於「人相食」之境，則曹操於天下不能謂無功。

然而曹操敗壞廉恥、摧殘士氣之罪可太大太久了。傅玄曰：「魏武好法術而天下貴刑名，魏文慕通達而天下賦守節……天下無復清議。」

近人盧弼《三國志集解》上也說：「漢末崇尚節義，雖以操之奸雄不敢遽移漢鼎，實名教陰有以維之也。魏立國未幾晉遂移之，雖天道好還，而亦操父子於剛直之士多不能容，摧殘士氣。」

東漢風氣至魏而一變，其致之非無由也。

胡先生特別指出曹操之舉動乃虛無主義心理作祟，而求取有才無德者的結果，終於得到了「三馬同槽」的司馬氏父子，以其人之道還治其人之身。當然，曹氏篡劉家，司馬家篡曹魏，這或許無關於生民大計，然而在士氣摧折之後，無人以國家人民為念，終於招致五胡亂華，流血百年，禍延生靈，此則曹操之罪大且遠矣。

民國・倪世槐《三國人物與故事》

倪世槐先生說三國奸雄，前有董卓，中有曹操，後有司馬懿；論奸險的程度，董卓不如曹操，曹操又不如司馬懿。

董卓好比一頭猛虎，噬人只憑直覺，並無預謀。漢少帝、何太后之被弒；丁管、伍孚、周瑟之被殺；楊彪、荀爽之被黜；還有數千名洛陽富戶及不可勝數的百姓軍士之被害；都是董卓心血來潮的結果。可是如果碰到袁紹之流的人物，他噬不了的，也就算了。董卓之奸，奸在專做些企圖篡奪的表面文章，如廢少帝、遷都長安等。這些表面文章卻是曹操要到時機成熟才肯做的。

對付猛虎，不可力勝，只可智取。故王司徒（王允）僅略施連環小計，就使董卓上當。董卓要靠呂布取天下，卻不肯將貂蟬割愛，又不肯將李肅升遷，終至義父子翻臉，李肅倒戈，受禪詔已為催命符，他卻還兀自對呂布說：

「吾登九五，汝當總督天下兵馬。」

結果殿前伏誅，至死不悟，唾手可得的天下，竟在一眨眼間就煙消雲散。

董卓之為奸雄，凶暴有餘，而奸險不足，所以他的事業來得快，結束得也快。而曹操之為奸雄，其奸險的程度實非董卓所能企及。他矯詔討董卓，登高一呼，不管真討賊也好，假討賊也罷，至少他個人的聲望為之提高。

曹操於青州破黃巾餘逆，招降軍士三十萬人，自此威名日重，實力日強。有此基礎後，曹操便招賢納士，使勢力更益擴張，荀彧、荀攸、程昱、郭嘉、毛玠等人，均於此時被曹操羅致；就此而言，曹操已比董卓高明。董卓始終只有李儒和李肅二人，而他亦不想再行羅致人才。

曹操不但肯招賢納士，而且招納之後，對謀士們所貢獻的意見，必擇其善而行之。如最初獻帝車駕已還洛陽，荀彧力勸曹操奉天子以從眾望，則晉文、漢高之業不難再繼。曹操從荀彧之言，果然聲勢大增。

又如董昭建議遷都許城：

「諸將人殊意異，未必服從。今若留此，恐有不便，惟移駕許都為上策……明告大臣，以京師無糧，欲車駕幸許都，近魯陽轉運糧食，庶無欠缺懸隔之虞。大臣聞之，當欣從也。」

曹操亦即從董昭之言，移駕許都，自此曹操乃得挾天子以令諸侯。

曹操對於一心投效之人固然予以招納，即使對暫為敵人，或可能為敵者，亦一視同仁。故當劉玄德被呂布擊敗追逼，最後走投無路而投靠曹操時，荀彧勸他及早圖之，免生後患。可是曹操卻寧願同意郭嘉的看法：

「若殺之，是害賢也。天下智謀之士，聞而自疑，裹足不前，主公誰與定天下乎？」

終於放過劉備。

曹操不但廣納人才，對他所敬佩的人更想以恩結之，使之心甘情願地為其所用。故對關羽三日一小宴，五日一大宴，上馬提金，下馬提銀，等到關羽掛印封金離去時，又走馬相送，贈袍贈金。換是別人，恐怕真會被曹操所感動。且曹操對屬下論功過、行賞罰之際，往往賞多於罰。如夏侯惇所領的青州兵，趁曹操被張繡擊敗之際，藉機下鄉，劫掠民家，于禁率領本部軍於半路剿殺。青州兵走回，泣告曹操于禁造反，趕殺青州軍馬；而于禁遇張繡軍隊時，也先立寨而未立刻攻擊，而後才俟機殺退張繡兵。曹操問明情形之後，重加賞賜于禁，對夏侯惇也僅以治兵不嚴處之。甚至有次夏侯惇因不聽于禁勸告，孤軍深入山路狹窄、遍地蘆葦之地，致遭孔明火攻而慘敗，夏侯惇敗回許昌，自縛見曹操，曹操釋之，對于禁則重賞之。在曹操以恩結人，賞重罰輕的策略下，徐晃、張遼、曹洪之徒都甘心效命。此外，曹操待人也頗有雅量，能忍一時之氣。如許攸獻計，決漳河取得冀州成功。許氏得意忘形之餘，在城門口以鞭指城門而呼操曰：

「阿瞞，汝不得我，安得入此門？」

而曹操只是笑笑，不予計較。關雲長過關斬將之際，曹操也不予報復追究。其偽善之功，不可謂不高明。

事實上，曹操在除去奸雄面具後，也有著常人的慾望。一日，曹操和劉玄德煮酒論英雄，在長江戰艦上因感江山如畫，天下未平而深自慨嘆，因對諸將說：

「吾自起義兵以來，與國家除凶去害，誓願掃清四海，削平天下，所未得者江南也。今吾有百萬雄師，更賴諸公用命，何患不成功耶？收服江南之後，天下無事，與諸公享富貴，以樂太平……吾今年五十四矣，如得江南，竊有所喜。昔日橋公與吾至契，吾知其二女皆有國色。後不料為孫策周瑜所娶。吾今新構銅雀台於漳水之上，如得江南，當娶二喬置之台上，以娛暮年，吾願足矣。」

可是當曹操清醒時，他畢竟仍是一代奸雄。其之為奸雄，首在於狠。如在呂伯奢莊上誤殺七、八人後，再誘殺伯奢，和他同逃的陳宮也不免心驚。

「『適才誤耳！今何為也？』操曰：『伯奢到家，見殺死多人，安肯干休。若率眾來追我，必遭其禍矣。』宮曰：『知而故殺，大不義也！』操曰：『寧教我負天下人，休教天下人負我。』」

曹操的跋扈在各種史籍中屢見不鮮：

「操就討天子寶雕弓、金鈚箭，扣滿一射，正中鹿背，倒於草中。群臣將校見了金鈚箭，只道天子射中，都踴躍向帝呼萬歲。曹操縱馬直出，遮於天子之前以迎受之。眾皆失色。」

更有甚者，董承奉獻帝衣帶詔誅操，事機不密，被曹操得知。同謀的人尚有太醫吉平。曹操一面詐患頭痛，誘捕吉平，一面請王子服等主謀人赴宴。酒行數巡後，曹操說：

「今日之筵實在缺乏娛樂，我倒有一個人，能夠替大家解悶。」

遂命二十個獄卒拖出一人。只見吉平身負長枷被拖到階下，先遭一頓毒打後，又被用水潑醒；然而種種酷刑都無法令吉平求饒。次日，曹操到董承家探病，又叫獄卒將吉平拖出。曹操指著董承說：

「此人曾勾結王子服等四人圖謀不軌，我已將他們拿下。但尚有條漏網之魚。」

後隨即反身質問吉平：

「是誰派你來毒殺我？快招！」

吉平慷慨激昂地說：

「是上天派我來殺你這逆賊的！」

曹操一怒之下又施以酷刑。吉平至此已體無完膚。曹操又問：

「你原有十指，何以只剩九指？」

吉平答道：

「所缺那指已為立誓誅殺國賊而斷！」

曹操一聽，命人立即砍下吉平九指，說道：

「手指全斷，你還能用什麼發誓？」

吉平答道：

「我還有口可以吞賊，有舌可以罵賊！」

曹操又下令準備割他的舌頭。吉平亢聲道：

「且慢。我撐不下去了，把我鬆綁吧！我願招供。」

曹操說：

「放你何妨？」

遂命人鬆綁。吉平起身磕拜天地言道：

「臣不能為國家除賊，這是天意！」

說完撞階而死。曹操尚不罷休，又支解他的屍體，而後曹操殺了董承等五人，並及全家老小共七百多人。怒氣乃未消盡，又帶劍入宮，欲殺董貴妃。

當天獻帝在後宮，正和伏太皇后私論董承之事，猜測何以至今還無消息。突見曹操帶劍入宮，面有怒色，獻帝大驚。曹操劈頭就說：

「董承謀反，陛下知道嗎？」

獻帝佯作聽錯。

「董卓已被殺了！」

曹操不耐地大聲答道：

「不是董卓，是董承。」

獻帝膽戰心驚地表明：

「實不知情。」

曹操冷冷地說：

「忘了破指修詔書之事嗎？」

獻帝啞口無言，曹操於是下令擒拿董妃。獻帝哀求說：

「董妃已有五個月身孕，希望丞相可憐她。」

曹操憤然答道：

「若非上天助我，我已命喪九泉。今日怎可留下後患？」

伏皇后也求情說：

「先打入冷宮，等到分娩之後，再殺也不遲。」

曹操回道：

「留下逆種為母親復仇嗎？」

此時，董妃泣言：

「望能保留全屍，不致暴露荒野。」

曹操隨即下令手下拿出一條白色布帛。獻帝對董妃泣道：

「愛卿你在黃泉路下，不要怨我啊！」

話畢淚如雨下，伏皇后也跟著大哭。曹操大怒說：

「還作這種兒女姿態！」

叱令衛士把董妃拖出，勒死於宮外。曹操此舉和當初董卓之弒何太后如出一轍，伏皇后日後亦被曹操所弒。

幾年以後，耿紀、韋晃，與太醫吉平的兒子吉邈，又合謀於元宵節放火殺入許都，再至鄴城擒曹操。但事機不密，又被曹操識破而失敗。除斬殺幾家老小宗族，並將百官解赴鄴城。曹操於教場立紅旗於左，白旗於右，下令道：

「耿紀、韋晃等人造反，放火焚燒許都，你們之中，有人救火，有人閉門不出。現在，沒救火的人，可站在白旗下，救火的，可靠在紅旗下。」

群臣自以為救火的一定無罪，紛紛奔向紅旗，只有少數人站在白旗下。不料，曹操卻下令捉拿立於紅旗下的人。曹操說：

「你們當時之心，不是想救火，實是要幫助謀反。」

全部將他們押到漳河邊斬殺，死者達三百多人；那些立於白旗下的人，則獲賞賜。

曹操為培植自己的勢力，招賢納士；但對聲望卓著、以言語頂撞他的人，卻不惜辱之殺之，暴露出奸雄猜忌的面目。曹操之辱禰衡為鼓吏、辱張松、忌楊修，以及殺孔融均是這種性格的反映，奸雄雅量，大都非出自衷心，一旦遭人挖到短處，則其猙獰的面目將立即露出。

其次，曹操之詐，更助其成就奸雄之名，不論帶兵對陣，或對自己的友人部屬，他幾乎無所不用其詐。如曹操殺那位以小斛換大斛來救急的糧官，以息民怨。若他自己犯法，卻裝腔作勢，設計讓別人為他說出一番脫罪之辭，詐術之深，實非董卓可望其項背。

據說曹操後因造建始殿，取大梨樹為材，因而觸怒梨樹神染疾而死。臨終前遺命：於彰德府講武城外設七十二座疑塚，曹操的猜忌，真是至死也不肯稍改。

民國・何兆麟《論曹操》

何兆麟先生以為，自建安十六年（西元二一一年）以後，曹操幾乎無年不藉加封晉爵，提高自己的地位，最後且用天子旌旗，其不臣之心，可謂已達極點。建安二十四年（西元二一九年）孫權上表勸進，曹操欣然微笑道：

「若天命在孤，吾其為周文王矣。」

更可證其篡奪之野心，只是猶畏名義而自抑，故以篡漢之事遺於曹丕而已。

東漢士風之美為後世所稱羨，唯自曹操以後，士風丕變，其始作俑者，不能不歸咎於曹操，蓋曹操為人有才無德，又因其出身宦寺之家，為掩飾其缺點，遂有重才輕德之主張，而盡力壓抑道德與名節。

儒家言政，首重德性，所謂「予帥以正，孰敢不正」，所謂「道之以德，齊之以禮，有恥且格」，均著重官吏之德行及德治；而曹操卻反其道而行，以為不仁不孝，而有治國用兵之術者亦應舉用。其實一個人的才德並非不能兼備，試想一個不仁不孝之人，使其有術，則其術為何術？用其術於治國用兵，雖或有一時之功，亦非長久之道，觀乎曹魏之亡可知矣。

且政府用人既不講道德，世人便以道德名節不足貴，如此政治風氣又哪有不日益敗壞之理。顧炎武責孟德「毀方敗常」，可知其影響於當代世道人心之大也。孟子曰：

「不仁而居高位，是播其惡於眾也。」

這豈不正是曹操的寫照？

曹操的才略智術，均足稱為漢代之傑出人物，其見識之高，可在靈帝末年何進、袁紹召董卓殺宦官時見之，當日議論滔滔，唯曹操笑曰：

「既治其罪，當誅元惡，一獄吏足矣。何必紛紛召外將乎？」

假使何進當日有曹操之遠見，豈有董卓之亂。

此外，曹操更善屬文辭，曾撰《孟德新書》，注《孫子》十三篇，其四言詩《短歌行》一首更為有漢一代壓卷之作。曹魏以後，五言詩與辭賦之盛行，孟德之功不可沒。

東漢末年，局面糜爛已極，也許非如曹操嚴峻刻忍、機警善變者不能收拾。可惜他有才無德，且心懷篡奪，故收拾亂世則有餘，開創長治之世則不足。使其能心存漢室，於統一北方之後，倡導平實正大之風氣，矯正漢末清流偏激之弊，選賢任能，整頓內政，假以時日，吳蜀之地當可傳檄而定，而曹操的功業亦足以媲美管仲、蕭何。無奈曹操為人，才識雖高而品節兩虧，非但不能振奮人心，使朝廷趨於治道，反使風俗日趨澆薄。

人之過莫大於違反其所處之時代與一己之良知。曹操生當清議盛行之世，竟甘冒天下之大不韙：提倡用人不重道德；為報父仇，縱兵屠殺徐州百姓，殺害本「君子愛人以德之義」而勸其不稱魏公的荀彧；更因兒女之故，欺君弒后；久蓄篡漢之心，終致曹丕篡漢；此皆後人無法原諒之事。

朝代更迭，在我國歷史上原屬平常，僭主篡位，亦不自曹氏開始，唯孟德做事太傷忠厚，以強凌弱，雖有才略而大節已虧，故後世皆以奸邪視之。許子將稱曹操為「治世之能臣，亂世之奸雄」，真可為定論矣！

二、正面評價

西晉・陳壽《三國志》

陳壽以為曹操乃「非常之人」，東漢末年天下大亂，群雄並起，其中尤以袁紹的勢力最強。

但曹操卻能運籌帷幄，克敵制勝，鞭撻宇內。再加上他成功地運用法術奇策，知人善任，唯才是舉，最後終能總御皇機，完成宏大的事業。

西晉・陸機《弔魏武帝文》

陸機對曹操有很高的評價，他對曹操在遺囑中交代曹丕兄弟如何照顧他的妻妾，以及把遺物分給家人的作法更是推崇備至。他認為應該拋棄個人情感及外在因素的羈絆來正視曹操的成就。

明・郭子章《魏論》

郭子章在《魏論》中表示，曹操的奸邪為世人所不齒，曹丕篡漢也不可原諒。但在這千夫所指的罪惡中，仍有些許情有可原之處。東漢的衰亡並非肇始於曹操；最早有宦官之禍，接著有黃巾之亂，續有袁術、呂布諸軍閥兵連禍結、民不聊生。相反地，曹操在此時卻頗能撫慰民眾。如果說他包藏禍心尚可，若說他是東漢首亂，這就有失偏頗了。

獻帝登基以來，曹操時刻以漢臣自居，甚至在稱號上也不敢有所僭越，這難道還不算謀國以忠嗎？或許有人認為，以春秋大義而論，曹操雖不以跡篡漢，但以心篡之，就足可以首賊視之。其實，真正的行盜者終究和只是意盜的曹操完全不同，如果曹操果真罪不可赦，那麼以關雲長嫉惡如仇的個性，當年在華容道相遇又怎麼可能放過曹操？以司馬光嚴正的史觀，又怎會承認魏是繼漢的正統政府呢？

民國・李定一《中華史綱》

李氏首先為曹操找尋本家。曹操的父親曹嵩是宦官曹騰的養子，曹騰的本家則是夏侯氏。曹操小時候便聰明過人，引人注目，如當時以廉潔正直著稱的名臣橋玄一見曹操便說：

「將來能夠平定亂世的，就是曹君你了！」

而李膺的兒子為東平相時，也是一見曹操就稱其為「異才」，甚至臨終之際囑咐他的兒子：

「天下將亂，世上英雄無人能比曹操。」

望其將來求庇於曹操以自保。

李氏接著談到，曹操二十歲舉為孝廉，政績卓著，為世所稱。此後更不畏權勢，屢次上書痛陳朝政之非，聲譽鵲起，名滿朝野。後來，他稱病回鄉，歸隱期間又碰上西北韓遂叛變，曹操乃受召又出來做官。董卓入京時，因向來仰慕曹操盛名，想重用他，但曹操知道董卓終必覆敗，不為所動，乃變易姓名逃亡，逃到中牟縣（今河南省西境）時，卻給亭長捉個正著押往縣令（不知名，但非陳宮）。時縣令已得董卓捉拿曹操的通緝令，但屬下們知道此人是曹操後，以為逢此亂世，「不宜拘天下雄儁」，於是請縣令釋放他。到陳留後，得到衛茲散家財資助，聚眾五千人，當時各方英雄紛紛聚兵「討董」，舉袁紹為盟主，曹操率兵附之，從此展開他一生南征北討，縱橫捭闔的「安天下」事業。

在曹操逃避董卓的追殺途中，據云曾發生他殺呂伯奢全家之事，李氏對此提出了自己的觀點，為曹操洗刷不實的冤屈：

根據王沈的記載，是「其子及賓客共劫太祖」，《世說》則謂曹操「疑其圖己」，似是將王沈的記載沖淡，將呂家五兄弟的行動說成是被曹操察覺了計畫；至於孫盛的《雜記》就更玄了，豈有「聞其食器聲」就「以為圖己」的道理。王沈為史家，其說似較《世說》與《雜記》可信，且三文均無殺呂伯奢之事，殺呂之說，完全是羅貫中的面壁虛構。三國故事，自唐代民間即流傳甚廣，《三國志平話》在元代即有刻本，有關故事雜劇不下十餘種之多，羅貫中彙合數百年來民間流傳的故事與雜劇，成此七十五萬字之小說，真真假假，羼合一處，就文學觀點而言，是一部好著作，以歷史尺度視之，則不免令人啼笑皆非。

至於為何曹操會遭世人唾罵，李先生提出三點看法：

一、不忠於劉家天下。

二、受《三國演義》的影響。

三、下詔求賢不以道德為標準。

其中以第三個原因最為重要，為真正治史者所宜重視。

曹操在獻帝時代先後下了三道求賢令。這三道詔書的確駭人聽聞，因為歷來政府用人，均以德行為首，而今祇重才能，剔除所有基本道德要求，確是曠古絕今的奇聞。但是我們檢視後漢中期以後社會上所謂的道德，早已走向虛偽的道路，所謂孝廉，並非真正既孝且廉，有許多不過是獵取功名利祿的手段。曹操的詔令乃針對當時虛偽造作的世風而發，當世之人可能瞭解其真諦，但後世的人，若純就這些詔令所提示之內容而言，則不免詬病叢生了。當時「竹林七賢」的反道德言行，與曹操的求賢詔實同工異曲。「竹林七賢」要「反璞歸真」乃屬於個人道德的範疇；曹操不受虛偽道德的影響則屬於公眾事務的範疇。時代變異，個人的言行容易瞭解，公眾的事務則牽涉複雜，不易體會。此乃曹孟德「不德」的主因。

至於曹操個人，在四十歲迎獻帝都許昌以前不畏權閹，不附權姦，志節高超，匡時濟世之言行，斑斑可考，即使《曹瞞傳》亦推崇其「不避豪彊」的政績。其實，曹操亦提倡「仁義禮讓之風」與「先王之道」，在獻帝建安八年（二〇三年）的教育令中，曹操便說：

「喪亂以來，十有五年，後生者不見仁義禮讓之風，吾甚傷之。其令郡國各修文學，縣滿五百戶置校官，選其鄉之俊造而教學之，庶幾先王之道不廢，而有以益於天下。」

建安十五年（二一〇年），曹操權勢烜赫，人人均以為他將取而代之，天子自為，事實上他若欲稱帝，也易如反掌，但在這謠諑四播之時，他公布了一篇自白書《自明本志令》，向天下「勤勤懇懇敘心腹」。

首先他自敘平生並無大志，二十歲得舉孝廉後，最大志向只想做一個有為的郡守，為民興利除弊而已。後償所願，為濟南相時，開始除殘去穢，任用賢人，因此違忤了宦官，得罪了豪強，故稱病去職，歸隱家鄉。但邊疆亂起，又蒙皇帝徵召為將，當時他也只望立功封侯，故於自題墓碑上稱「漢故征西將軍曹侯之墓」。及至董卓之亂，起兵討賊，應募之兵雖多，但他恐「兵多意盛」，不願因武力而召禍，故手下之兵不過三千。其實最主要的原因，是「本志有限」，並無定天下之野心。及至破黃巾黨，降其眾三十萬，兵力始強，此時袁術、袁紹已有叛漢自立的意圖，曹操亦始有平定天下之心。

文中次舉歷史上的先例，說明齊桓公、晉文公之所以垂名於後，乃在其能侍奉周天子；周文王三分天下有其二，仍能服事紂王，故得後世讚頌；蒙恬將兵三十萬而不叛秦，以一家三代均受到秦恩之故。曹操一家不只三代受漢室重任，豈可如謠傳所云「有不遜之志」，故將這肺腑之言告予家人，「使他人皆知之」。

最後他說明不能解職歸田頤養天年的原因，如果他歸武平侯國養老，一旦他人掌握軍權，便會對他肆行報復，為了子孫及國家著想，他絕不能解職歸政。由於這些逼不得已的情勢，「是以不得不慕虛名而處實禍」。在此曹操坦白說明了歷史上掌權經年，不能飄然退出權力圈的原因。

曹操此文確有獨特之處，他並沒有自吹「天賦異稟」，「少有澄清天下之志」等讕言，文中的坦白率朗亦不多見。

他生逢亂世，被世俗視為大奸大惡的代表人物，其間之心路歷程，又豈是提倡仁義禮讓及先王之道的人所能想像的。

民國・胡漢君《說三國》

胡先生指出，曹操並未篡漢。真正篡漢的是他的兒子曹丕，但曹操是貨真價實的魏國奠基者，沒有他，曹丕是否能坐上這張龍椅是頗有疑問的。

在漢末群雄中，曹操的確是個雄才大略、首屈一指的人物，他赤手空拳創造了自己的江山；若非他得意忘形，目中無人，在赤壁碰得頭破血流，他將一手完成統一中國的工作，與劉邦先後輝映。

曹操歷史地位的下跌，應該是在宋室南渡以後。在南渡以前，司馬光的《資治通鑑》尚以魏為正統，對曹操貶少而褒多。事實上，若無曹操，軍閥間的混戰將無已時；若無曹操，黃河流域的文化將被摧殘淨盡；若無曹操，匈奴將飲馬長江，五胡亂華可能提早六、七十年。

就表面而言，曹操與諸葛亮應是同樣的人物，曹操挾天子以令諸侯，諸葛亮則視劉禪如傀儡，「政由葛氏，祭則寡人」，道盡了劉禪的辛酸。但就實際的情形看，曹操與諸葛亮畢竟大不相同。曹操將獻帝揑在手中，生死隨意，諸葛亮卻將劉禪香花供奉，視若神明。曹操隨時可以篡位，只是他薄此而不為，專心致志為子孫鋪路；諸葛亮卻一心一意為劉家打江山，鞠躬盡瘁，死而後已，從未為自己子孫打算過。

曹操善於延攬人才，不問德行，但問效率，所以他敢於公開求取有才無行之人，也因此他身邊各式各樣的人才特別多。可是他也最會摧殘人才，當他發現某人的才幹智略在他之上時，他會毫不吝惜地藉故誅殺。其實，歷史上所謂的明主，誰不是殺戮功臣的能手？只是曹操在天下未定前就來這一套，這是他最終無法統一中國的致命傷。

曹操為報父仇，屠殺幾十萬的百姓，聲名所播，使曹兵所到之處，人民逃避一空。一個不為百姓支持的政權，即使外表強大，內部畢竟空虛。他取荊州如拾芥，卻在赤壁被五萬孫劉聯軍一擊而潰；襄樊地區的百姓寧願隨著前途茫茫的劉備離鄉背井，也不願受曹操的統治，即此就已注定曹操難越長江的命運。

曹操尚未嶄露頭角前，就被許子將評為「治世之能臣，亂世之奸雄」，並以此自負。所謂「奸雄」，除了雄才大略外，必須具備殘酷、狠毒、陰險、堅忍等性格，並只問利害、不問是非；以仁義道德為外衣，不擇手段來達到個人目的。曹操在這方面，樣樣俱全，當代的袁紹、呂布、劉備等無人能及。

中國歷代「跡近」曹操者並不少，但獨獨他成為眾口一辭——最偉大——的奸臣，且在舞台上被扮成大白臉，這其實是受了《三國演義》的影響。且令後世議論抨擊的「寧我負天下人，不可天下人負我」那句話，根本不是曹操所說，而是毛宗崗套用了馬司昭的話「寧我負卿，不可使卿負我」來栽贓誣陷，諸如此類無中生有的附會甚多，遂使曹操成為眾惡所歸的箭垛。

民國・呂思勉《三國史話》

呂氏以為：舉世都稱魏武帝（曹操）為奸臣，但這說法卻不知從何而來。固然，其間受演義的影響極大，但演義亦必有所本。演義的前身是說書，而說書人是沒有什麼見解的，總不過是迎合社會大眾的心理；事實上，一種見解若非和大多數人的心理相合，也絕不會流行得如此之廣。所以對魏武帝的不正確批評，我們只能說是社會大眾的程度低下，不足以認識英雄。

即以篡位之說而言，其實，立君本是為民。若本來的君王無法保護國家和人民，且又有賢者能擔此重任，則廢掉原來的國君而自立實不為過，而且這才真正合乎大多數人的幸福。然而魏武帝當時，卻始終不肯廢漢自立，由此可見他濡染封建時代的道德很深，他對漢室實已過厚。

後人誣枉魏武有篡位意圖，實應歸諸下列幾點不正確的記載：

一、《三國志・荀彧傳》，建安十七年（二一二年），董昭等認為曹操應進爵為公，並與荀彧商量，荀彧以為：魏武興義兵乃為匡輔漢朝，不宜如此。結果曹操為此「心不能平」，不久，荀彧突然死去，隔年，曹操便進爵魏公。

二、建安二十四年（西元二一九年），孫權意襲荊州，上書稱臣，且建議曹操稱帝，曹操將此信出示群臣，並說：「是兒欲踞吾著爐火上邪？」

其實荀彧之死，分明為附會之說。曹操若真要篡漢，又豈會怕荀彧？況且進爵魏公，又和篡漢有何關係？曹操後來豈不也進爵魏公嗎？至於「是兒欲踞吾著爐火上邪」之語，則更可證明曹操之不肯篡漢。

篡漢本就算不得什麼罪名，前文業已說明。但若始終執守臣節，不肯篡漢，則不能不說是一種美德。因為不論何種社會，總有它的道德條件來規定各人的分際。這些條件合理與否是一回事，能否遵守又是一回事。而不論道德條件如何陳舊、如何不合理，遵守它的人，總是富於社會性的。所以遵守舊道德的人，我們只能說他知識不足，卻不能說他不好。魏武帝的「不肯有失臣節」，再加上他《自明本志令》之所言，勤勤懇懇至於如此，更可見他社會性之深厚。

魏武帝的《自明本志令》還有兩點可加以注意：

一、他怕兵多意盛，不敢多招兵，這和後世軍閥務求擴充軍隊，以增長自己權力恰恰相反。

二、他明白承認，他現在之所以不能離開兵權，乃是怕因此而受禍，不得不為子孫計。且老老實實承認，想使三個兒子受封，以為外援。歷來英雄，從未有人如此坦白；也只有真正心地光明的人，說話才能夠如此坦率；若是遮遮掩掩，將自己修飾得完美無瑕，那他的話就不可盡信了。

《三國志‧郭嘉傳》說嘉死之後，魏武帝去弔喪，異常哀痛。對荀彧等說：「你們諸位的年紀都和我差不多，只有郭奉孝最小，我本想天下平定之後，把事業交託給他，想不到他中年即死。這真是天命呀！」

可見他的本意乃在功成身退，後來無法抽身，實非初衷。至於說他想做皇帝，或者說讓他的兒子做皇帝，那更是子虛烏有之談了。

人生在世，除掉極庸碌之輩，總有志願。志願能達到，即是成功；若無法達成，雖看似失敗，但自己若已盡了心力，也覺無所愧怍。志願各人不同，似乎難以比較；然而人物愈大，則其志願愈大，其志願愈大，則其為人之成分愈多，為己之成分愈少，這是一定不移的。若有人說曹操的志願只為子孫計，亦足可見此人之卑下，正所謂「燕雀不知鴻鵠之志」。

總而言之，呂氏替曹操辨誣，他以為曹操乃有志之士，是一位能利國福民的政治家，誠實光明的英雄。他一再表示自己不願篡漢，要仿效周文王，始終執存臣節，這正是他的道德觀念所促使而成，也正是他深厚的社會性所使然。而且曹操本欲功成身退，可是後來為了廣土眾民，才不得不繼續執政，但他始終不曾要自己兒子做皇帝。他和諸葛亮可說正代表了封建時代的光明面，他們同時具備了文臣的公忠體國及武臣的捨生忘死，同為時代的兩個偉大人物。

民國・藍定坤《一代奸雄》

藍先生認為：在歷代人臣中，其事蹟最為突出的，莫過於三國時代的曹操。他在後世的評價極不一致，大抵總是貶多褒少。貶抑他的人，幾乎都是傳統性的看法，真正對曹操有認識的人並不多見。他們把曹操當做狡黠的象徵，換言之，他成了「奸臣」的代名詞；提起曹操，便會聯想到奸臣，提起奸臣，便會聯想到曹操；曹操和奸臣，不幸的竟成了同義詞。

然而後世的人卻都忽略了一個事實，當時汝南許劭頗能知人，他稱曹操為「治世之能臣，亂世之奸雄」；將奸雄二字連在一起，確有見地。自古聞人，奸者有之，雄者有之，唯奸而雄者，能有幾許？秦檜奸而不雄；韓信雄而不奸，由此可見，作奸雄之難，求奸雄亦不易。

奸雄雖有時詭譎莫測、變化無常，但亦有許多可愛處，為一般道貌岸然的正人君子所不及，現在，且舉曹操的幾個實例以為佐證。

官渡戰後，從袁紹的軍營中搜到了許多官吏和袁紹勾結的信件。曹操的左右便勸曹操把這些通信的人，「逐一點對姓名，收而殺之。」然而曹操卻叫人把所有信件燒掉，從此不願再提起這回事。這件事的表面價值是很明顯的——寬大、容物；但換個角度來看，由此卻更表現出曹操的遠見和雄略。他明白，要是追究起來，必然人人自危，各自為本身的安全打算，如此勢必做出許多不利於團結的事，他萬萬不能在強敵尚未徹底摧毀以前，便使內部分崩離析。因此那些通信的人便得到了實惠，自然對曹操更是感激得五體投地，心悅誠服。奸雄之得人，往往如此。

袁紹和曹操的交惡，實始於劉備徐州兵敗，託鄭玄作書求救袁紹時。袁紹雖礙於鄭玄之命，但不作和解，而欲藉其強大的兵力，馳檄各郡，聲罪致討。檄文為陳琳所作，不下萬言地直把曹操罵得狗血淋頭。最使曹操氣惱的，莫過於罵到他的祖父——中常侍（宦官）曹騰，說他和左官徐璜二人，「並作妖孽，饕餮放橫」；又罵他的父親曹嵩是「乞匄攜養，因贓假位」，這樣曹操自然便成了「贅閹遺醜，本無懿德」之人。提到曹操的獨裁專制，檄文亦大膽指出：

「坐領三台，專制朝政，爵賞由心，刑戮在口；所愛光五宗，所惡滅三族；群談者受顯誅，腹議者蒙隱戮；道路以目，百僚鉗口。」

朝廷裡的大臣們都無所事事，「尚書記朝會，公卿究員而已」。

當冀州陷落，陳琳就逮時，左右之人都勸曹操殺陳琳；但曹操憐才，不唯不殺，還給他「從事」的官職。不計個人恩怨，渴以求才，其為奸雄，又有何損。

曹操既定并州（山西及陝西兩省境內），商議欲西擊烏桓，曹洪等人都諫曹操不如班師以防劉表。商議的結果，曹操還是決定遠涉沙漠，輕騎進襲。建安十一年（二〇六年）七月，曹操親率大軍，歷盡艱險，大破冒頓於白狼山，回師中原。曹操雖然獲勝，但痛定思痛，覺得這回實在太冒險了，便重賞以前曾諫阻進兵的人，並對他們說：

「孤前者乘危遠征，僥倖成功，雖得勝，天所祐也，不可以為法。諸君之諫，乃萬安之計，是以相賞，後勿難言之。」

由此，使人聯想到當袁紹出兵官渡時，田豐亦曾諫阻，袁紹不用，反繫田豐於獄。及後袁紹果然敗回冀州，因羞見田豐，便叫人持劍至獄中索田豐首級，田豐乃自刎而死。曹操納諫，雖不中而有賞；袁紹忌諫，雖中而被誅。奸雄與庸才的分野，於此可見。

這些史實，距今一千七百多年，如果發生在現代，得到和敵國魚雁往還者的黑名單，誰能深思熟慮，遠見未萌，而不窮詰鞫究，繩之以法呢？像陳琳那樣以文字，比用口頭辱罵的禰衡、徐母、張松等更要遺害深遠，且其言詞鋒利的攻訐，縱有再好的涵養，相信誰都會殺之而後快。一場勝仗打下來，有誰能那麼虛心，自認成功乃係僥倖，不可以為法呢？更不消說，諄諄以「後勿難言」相勉了。觀今鑑古，即此數端，已足使人不禁頻呼「奸雄可愛」。

民國・繆鉞《關於曹操的幾個問題》

繆先生在《關於曹操的幾個問題》一文中，以三個層面討論曹操。

一、鎮壓黃巾起義的問題：

繆先生以為，曹操協助皇甫嵩及朱儁內外夾擊潁川黃巾，使朱儁及皇甫嵩可乘勝鎮壓汝南與陳國黃巾。假設當時沒有曹操的救援，皇甫嵩可能失敗，則黃巾將有更大的發展。潁川戰役關係很大，鎮壓黃巾起義，曹操的罪過是很重大的。

張角領導的黃巾起義失敗以後，黃巾餘部還陸續起兵，但性質已起了變化。白波黃巾和南匈奴單于聯合，抄略諸郡，自不能與張角所領導的黃巾起義相比，因此曹操攻打白波黃巾與鎮壓潁川黃巾有所區別。擁有數百萬之眾的青州黃巾並未建立政權，只是流轉各地，以抄略為資；曹操鎮壓青州黃巾，固然罪過，但是他卻將青州黃巾收編為「青州兵」，而沒有像皇甫嵩那樣大量屠殺。至於建安元年曹操所攻打的汝南、潁川黃巾，他們「初惡袁術，又附孫堅」，已經為軍閥所欺騙利用，當然也不能與張角所領導的黃巾相比。因此曹操數次鎮壓黃巾起義，應以中平元年（一八四年）幫助皇甫嵩打敗潁川黃巾那一次罪過為最大，其他幾次則情況有些不同。

二、施行屯田的問題：

曹操施行屯田，恢復北方的農業生產，許多人都承認其進步意義，但也有人認為屯田制是土地國有化，使農人成為農奴，且剝削量達到十分之五六，並非好制度，不值得肯定。

關於曹操的屯田制，不能孤立地去評估它，而應結合彼時的歷史具體情況來考察。曹操行屯田制是從建安元年（一九六年）開始的。自從初平元年（一九〇年）關東起兵討伐董卓之後，六、七年間，一直是軍閥混戰，人民死喪，土地荒蕪，造成了普遍的糧荒。如果長此下去，後果將不堪設想。曹操此時還要和其他割據勢力作戰，如果想恢復農業生產，解決糧食問題，試問還有什麼辦法呢？於是曹操就採納棗祗的建議，施行一種恢復農業生產的救急方法——屯田制。

屯田制是將流離失所的農民組織起來，在國有的荒廢土地上進行生產，由國家供給農具與耕牛，免除屯田者的兵役與徭役，而剝削量則達十分之五六。在許昌附近實行一年，收穫百萬斛，又推行於各地，成果豐碩。最初行屯田制，雖名為「募民」，然常有強迫性質，所以「民不樂，多逃亡」，後來曹操採納袁渙的建議，「樂之者乃取，不欲者勿強」，作法上有些改善，推行就更順利了。

屯田制施行後，北方的農業生產恢復，以至於數年中倉儲積粟，所在皆滿。這當然是由於農民的辛勤勞動，但在戰亂之中，使農民免於流離死亡，免於兵役徭役，而能有農具與耕牛，在荒廢土地上安定地從事生產，曹操的屯田制起了一定的作用。

孤立來看，曹操屯田制的性質是將農民變為國有土地上的生產者，剝削量重達十分之五六；如果在全國統一、社會安定時推行這麼一套制度，甚至可說是反動的。那麼是否可以因此否定屯田制呢？就當時的具體情況來看，勞動人民雖然擔負十分之五六的沈重剝削，但是能夠得到農具、耕牛，免除兵役徭役，從事生產，總比死喪流離、生命不保要好得多，而且就整個北部中國而言，也只有用這種辦法才能迅速恢復農業生產，挽救糧荒現象，所以我們對於曹操的屯田制還是應該肯定的。

三、裁抑豪強的問題：

曹操裁抑豪強，改善政治，也是許多人所認為的好事。但是也有很多人認為，曹操仍然任用了許多豪強大族，如潁川荀彧、陳群，河內司馬懿等；可見他並非裁抑豪強，他只不過是裁抑不利於他的人，如汝南袁氏及孔融、楊修等。而且魏末兩晉時，豪強大族勢力的發展很盛，可見曹操裁抑豪強的作用很小，不能作過高的估計。

問題是，曹操究竟是地主政權的統治者，他當然不能像農民起義那樣以階級的仇恨來大殺豪強，我們也不能對他作過高的要求。自東漢以來，由於大土地所有制的發展，豪強大族興起的歷史趨勢，也不是曹操個人的政治措施所能阻擋的。從當時歷史的具體情況看，曹操的裁抑豪強仍起了進步的作用。

東漢以來，豪強大族發展，全國性的豪強有汝南袁氏、弘農楊氏等，各郡縣也都有本地的豪強大姓。這些豪強兼併土地、操縱政治、壓迫人民，一般的統治者對他們不但不敢招惹，反而加以維護。曹操因出身宦官養子的家庭，「非嚴穴知名之士」，與豪強大族本有距離。加上在東漢末年的農民大暴動中曹操也得到了教訓，知道要維護統治，必須裁抑豪強，使政治不至於混亂。所以他執政以後，施行裁抑豪強大族的政策，在平袁氏、定河北後，即下令重豪強兼併之法，在朝廷中大殺大族。曹操政權下的地方官，因為得到曹操的支持，也敢於裁抑豪強，如許令滿寵、朗陵長趙嚴等。

在曹操裁抑豪強的政策影響下，各地方豪強如李典「徙部曲宗族萬三千餘口居鄴」，田疇「盡其家屬及宗人三百餘家居鄴」，這也就加強了中央的控制，減少了地方割據勢力的滋長。

至於曹操政權雖然也任用了不少豪強大族，如潁州荀氏、陳氏、河南鄭氏、河內司馬氏等，但是他們不敢過於放縱，曹操也不特別袒護他們。曹操任用豪強而不特別袒護豪強，這已是東漢桓、靈以來腐朽政治的大改善，這不能不說是曹操的功績。雖然此策並不能完全阻擋當時大土地所有制發展下，大族勢力滋長的整個過程，但我們也不能因此而低估了曹操裁抑豪強在當時所起的進步作用。

繆鉞先生最後表示，評價歷史人物，應該從全面來看；對於具體問題，則需要結合當時歷史情況作具體分析，評價曹操當然也不例外。總結起來，曹操在促進經濟、改善政治、裁抑豪強、滅除外患、安定社會、提倡文學等各方面，都有極大的貢獻。雖然在私人品德方面有不少瑕疵，但是仍然可以肯定曹操在我國歷史中，是一位傑出的人物。

後記

歷來各朝對曹操的歷史地位有很多爭議，這些爭議幾乎是壁壘分明的兩派。有的稱曹操是忠臣，是時代的英雄，是漢民族的救星；有的則竭盡所能地攻擊曹操，說他是奸臣、奸雄，把曹操打入十八層地獄，永不得翻身。

究竟曹操在中國歷史上，扮演怎麼樣的角色？他的歷史地位，又應該如何定奪？在此，我們不妨捨去個人的感情因素，拋去先入為主的觀念。試著以比較客觀的態度，較理性的分析，從已有的史實中，再把他在歷史上的功過，作一比較。從不同的觀點來定奪曹操，就會有截然不同的結果。以不同的史觀來議定曹操，曹操的歷史地位就可能差之千里。

前述的爭議，不論是正面的肯定，或者是反面的攻擊，都有其事實根據，我們自不能斷定孰是孰非。不過歸納正反兩方的意見，可綜合出幾點基本論點。

說曹操是歷史罪人，大抵都有以下的論調：

一、先天不良：首先就懷疑曹操的家世。這是個非常嚴重的問題，在重視傳統的中國社會裡，高貴的血統無異是高人一等的象徵，也是日後要立足社會（尤其是上層階級）的憑藉。所以胡秋原先生就曾引顧亭林的話說：

「一代之君，三易其祖，豈不可笑？」

二、摧毀廉恥：認為曹操出身宦官家庭，而宦官在漢末又深為一般大眾所痛恨，尤其士大夫更是恨之入骨。曹操在這種環境下成長，產生了自卑感，於是在日後掌權時，便不惜下令求不仁不孝之人，來摧折漢人重名節的風氣。這般摧殘士人的風氣延續下去，於是再也沒人以國家的前途為己任，促成後來五胡亂華，搞得中原生靈塗炭，這些都是曹操的責任。

三、殺害文人：有計畫地屠殺文人始於曹操，並將這股潮流延續到六朝；這是他罪大惡極之處。

四、任意屠殺百姓：為了替父親報仇，竟然在打敗陶謙後，屠殺無辜的百姓數十萬人，搞得雞犬不寧，河水因屍體阻塞而不流，論者皆因此把曹操視為一個殺人不眨眼的魔王。

五、挾持天子、殺其後宮：將獻帝當成傀儡，予取予求，大權獨握，逼辱獻帝，完全失去了為人臣子的本分。尤其殺害董貴妃——及伏皇后，更是令人髮指。

相反地，肯定曹操的成就就會出現以下的辯解：

一、曹操本人從來就沒有想要做皇帝，他最初是想要功成身退的，但是迫於環境，為了國家、為了百姓，他只好繼續執政；但仍然始終沒有篡漢的念頭，至死都還執守臣節。

二、在混亂的局面中，他給獻帝一個安身立命的地方，由於曹操的功勞，使袁紹等人不能稱帝稱王。

三、由於他政治上的成就，經濟上的成功，使得千萬百姓得以安居立業。

四、他之所以被認為是大奸臣、大敗類，完全是後人不瞭解而產生誤會，或者是故意誣衊他，陷他於不義；其中羅貫中所著的《三國演義》，更是造成這一假象的最大禍端。

五、他之所以下詔求賢，乃因時代的關係。因為東漢的崇尚名節，到漢末已流於形式，矯揉造作，弊病百出。曹操的求才三令，就是想打破這種虛偽的風氣。

六、討平外族：曹操打敗烏桓等外族，使中原免於蠻夷的侵略，更使四夷紛紛請降稱臣。若無曹操，「五胡亂華」可能會提早六、七十年發生。

的確，在中國歷史中，很少有人能像曹操這樣受到如此的注視與爭議。從歷史資料上端詳曹操，他的確有許多令人髮指與不齒的行為。他猜忌及陰狠的個性，使他濫殺、殘害無辜的人民和文人學士，更使他經常對漢獻帝施以最無情的羞辱和打擊，這已完全失去了為人臣者應有的風範。這些舉動，在重視三綱五倫的中國人眼裡看來，乃是一種最不敬的行為。在講究「君臣之義」的儒家思想倡導下，「君要臣死，臣不得不死」的觀念已成為一種普遍的意識形態，曹操這些公開侮辱一國之君的作法，又怎能不遭到後世的唾罵呢？

但是曹操同時也有許多正面的貢獻；他的確是一位很有才能的人。他推行屯田政策，先由許都而後擴展到魏的全部疆土，加上減輕賦稅、興修水利等措施，有效地恢復並且發展了北方的農業。他又下令郡國修大學，置校官，振興教育。在他積極提倡下，曹操為中國文壇注入了一股新的潮流，開創了一個新的風貌——「建安文學」。他是建安文學的領導者，同時也引領這一時期的文壇風騷。他的《短歌行》千古傳誦，足以和任何騷人墨客並駕齊驅而毫不遜色；這絕非僅是一個凶狠好鬥、逞匹夫之勇者所能辦到的。

歷史上，能夠在政壇和文壇上都有相當成就的人，除了曹操以外，可說絕無僅有。更值一提的是，他的幾位兒子在這兩方面，也都有傑出的表現，曹丕、曹植等人的事蹟及文學作品也都家喻戶曉。

有人說曹操是奸雄，有人則稱他為英雄。這兩種稱謂都有各自的說服力，也有一定的可信度。但我以為「梟雄」，似乎更能襯托出曹操的形象。梟是一種凶猛的飛禽；曹操有時會散發出人性的光輝照顧屬下，體恤民間疾苦；有時卻又露出深藏在內心的獸性，就如同凶惡殘酷的梟一般，毫無人性地做出野獸般的行為。

拋開先入為主的感情因素，曹操實非一無可取，他的歷史地位，也絕不可僅憑舞台上的印象就遽下斷言。縱然曹操有犯錯之處，我們也絕不可一古腦兒地把所有十惡不赦之罪，全推到他身上。

同情弱者，是我們社會上的一種習性。因為同情，所以就把劉備、諸葛亮當作是英雄崇拜，相反地，為了凸顯這幾位英雄，於是曹操只好被犧牲了。但是這種觀念是值得商榷的，我們不能一直生活在失敗中，我們也不應該僅對那些失敗的忠臣義士歌功頌德，讚美他們視死如歸的精神，卻對那些成功的人不屑一顧，甚而嗤之以鼻，極盡醜化之能事。

一個民族要圖生存、求進步，要藉著不斷成功的事件、成功的人物來支撐整個民族的延續與發展。如果沒有漢武帝的南北討伐，如何打下三、四百年大漢帝國的基礎？如果沒有成吉思汗，中國又怎能成為跨越歐亞的大帝國？

我們在表彰忠義節氣之士外，是否也該積極效法那些成功者的精神，以他們作為榜樣，並不再排斥仇視他們呢？

在欣賞小說及舞台上的曹操之餘，我們也該思考他在當時及後來社會的影響及貢獻，並且給他一個正確而客觀的歷史定位。

附錄——年表

年號	西元	年齡	事蹟
東漢桓帝永壽元年	一五五年	一歲	曹操出生，字孟德。
東漢桓帝延熹二年	一五九年	五歲	梁冀鴆殺漢質帝。
東漢桓帝延熹八年	一六五年	十一歲	段熲攻破西羌。
東漢桓帝延熹九年	一六六年	十二歲	由於宦官誣陷，桓帝劉志詔令逮捕李膺及其黨人，黨錮之禍開始。
東漢靈帝建寧元年	一六八年	十四歲	宦官殺竇武、陳蕃。
東漢靈帝建寧二年	一六九年	十五歲	段熲擊敗東羌。
東漢靈帝熹平六年	一七七年	二十三歲	漢攻打鮮卑檀石槐，失利。
東漢靈帝中平元年	一八四年	三十歲	黃巾起義。
東漢靈帝中平二年	一八五年	三十一歲	黑山軍起義。
東漢靈帝中平五年	一八八年	三十四歲	青州、徐州一帶黃巾賊又起。

東漢靈帝中平六年	一八九年	三十五歲	外戚何進欲召董卓入洛陽誅除宦官，結果為宦官所殺。 袁紹誅宦官，董卓入京廢少帝，立獻帝，趕走袁紹。
東漢獻帝初平元年	一九〇年	三十六歲	董卓焚洛陽，挾持漢獻帝西行。關東各州郡兵推袁紹為盟主討伐董卓。
東漢獻帝初平二年	一九一年	三十七歲	董卓占據長安。
東漢獻帝初平三年	一九二年	三十八歲	王允、呂布殺董卓。 曹操攻黃巾，據兗州。
東漢獻帝初平四年	一九三年	三十九歲	曹操攻陶謙，坑殺數十萬人。
東漢獻帝興平二年	一九五年	四十一歲	孫策占據江東。
東漢獻帝建安元年	一九六年	四十二歲	獻帝劉協遷回洛陽，旋被曹操遷回許昌，政權歸曹，挾天子以令諸侯。
東漢獻帝建安二年	一九七年	四十三歲	袁術在壽春稱帝。 曹操殺呂布。

東漢獻帝建安四年	一九九年	四十五歲	袁術病死壽春。 袁紹滅幽州公孫瓚。
東漢獻帝建安五年	二〇〇年	四十六歲	「官渡之戰」，曹操擊敗袁紹，稱霸中原。
東漢獻帝建安十年	二〇五年	五十一歲	曹操控制冀、青、幽、并。
東漢獻帝建安十二年	二〇七年	五十三歲	曹操攻破烏桓。
東漢獻帝建安十三年	二〇八年	五十四歲	漢獻帝正式任命曹操為丞相。 「赤壁之戰」，孫權、劉備聯軍擊敗曹操。 曹操以毀謗罪殺孔融。
東漢獻帝建安十六年	二一一年	五十七歲	劉備入蜀。
東漢獻帝建安十七年	二一二年	五十八歲	曹操東擊遷徙至建業的孫權。
東漢獻帝建安十八年	二一三年	五十九歲	獻帝以冀州十郡封曹操為魏公，加九錫。
東漢獻帝建安十九年	二一四年	六十歲	劉備攻據成都。

東漢獻帝建安二十一年	二一六年	六十二歲	曹操受封為魏王。
東漢獻帝建安二十三年	二一八年	六十四歲	鮮卑大人軻比能降曹操。
東漢獻帝建安二十四年	二一九年	六十五歲	劉備取漢中之地。 劉備部將關羽被孫權攻殺，失荊州。
魏文帝黃初元年	二二〇年	六十六歲	曹操病逝於洛陽，曹丕稱帝，建立魏，東漢滅亡，三國時代開始。

三十功名塵與土
一將功成萬骨枯

多少君臣將相，或開創帝業，或權傾朝野，或擁兵率軍，或擘畫改革；在太平與戰亂、興盛與衰亡中創造歷史，忠奸成敗，功過是非，留下不朽的功業和萬世的罵名。他們毀譽參半，褒貶不一，在謳歌讚揚與羞辱唾棄中擺盪，是可敬可愛，也是可憎可厭的爭議人物。

本系列的每本書以兩大部分呈現，第一部分為人物傳記，第二部分為是非爭議之處，針對爭議的主題來論述；因而不僅僅是人物傳記，它也是一部心理分析叢書，巨細靡遺地分析十二位在歷史上備受爭議人物的愛恨情仇及人格上的優缺點，希冀以歷史事實的敘述，加以探討，從中得到啟發。也讓我們逆向思考、反觀過去所讀的歷史，重新定義、評斷這些歷史人物的所作所為。

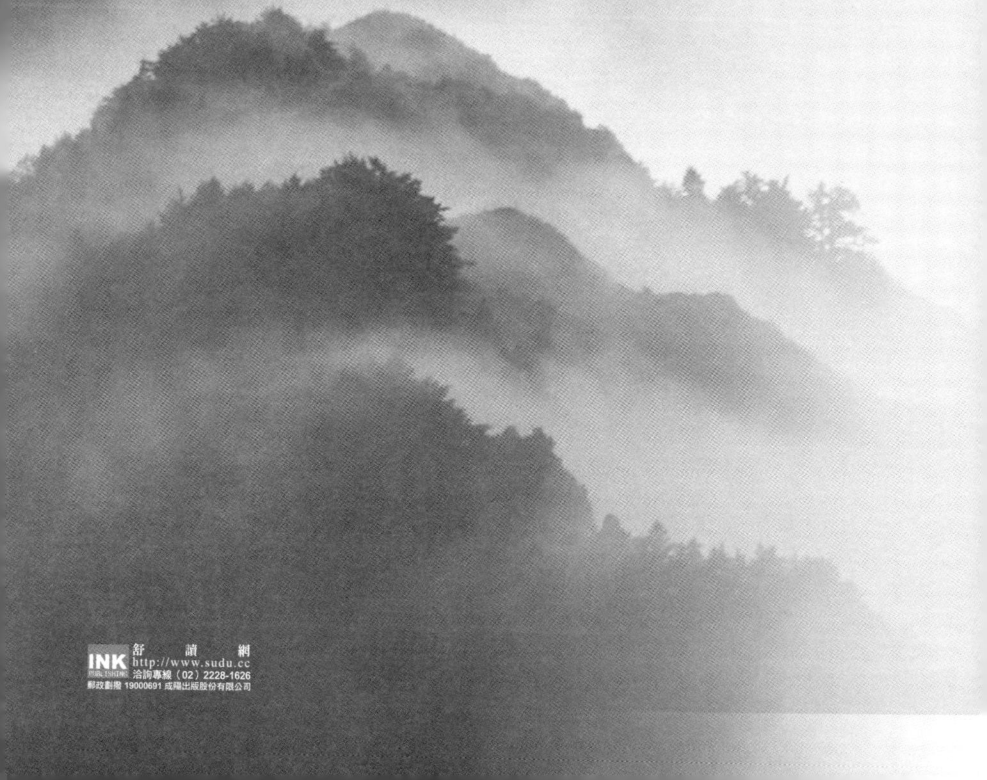

INK PUBLISHING 舒 讀 網
http://www.sudu.cc
洽詢專線（02）2228-1626
郵政劃撥 19000691 成陽出版股份有限公司

從前 4
三國梟雄：曹操

作　者	吳昆財
總編輯	初安民
叢書主編	鄭嫦娥
美術設計	莊士展

發行人	張書銘
出　版	INK印刻文學生活雜誌出版有限公司 台北縣中和市中正路800號13樓之3 電話：02-22281626 傳真：02-22281598 e-mail：ink.book@msa.hinet.net
網　址	舒讀網http：//www.sudu.cc

法律顧問	漢廷法律事務所 劉大正律師
總代理	展智文化事業股份有限公司 電話：02-22533362．22535856 傳真：02-22518350
郵政劃撥	19000691 成陽出版股份有限公司
印　刷	海王印刷事業股份有限公司

出版日期	2009年 2月 初版
ISBN	978-986-6631-44-3

定價　200元

國家圖書館出版品預行編目資料

三國梟雄：曹操 / 吳昆財著.
-- 初版.-- 台北縣中和市：INK印刻文學,
2009.02 面； 公分.--（從前；4）
ISBN 978-986-6631-44-3（平裝）
1.（三國）曹操 2.傳記
782.824　　98000714

INK INK INK INK INK INK
K INK INK INK INK INK IN
INK INK INK INK INK INK
K INK INK INK INK INK IN
INK INK INK INK INK INK
K INK INK INK INK INK IN
INK INK INK INK INK INK
K INK INK INK INK INK IN
INK INK INK INK INK INK
K INK INK INK INK INK IN
INK INK INK INK INK INK
K INK INK INK INK INK IN
INK INK INK INK INK INK
K INK INK INK INK INK IN
INK INK INK INK INK INK
K INK INK INK INK INK IN
INK INK INK INK INK INK
K INK INK INK INK INK IN
INK INK INK INK INK INK
K INK INK INK INK INK IN
INK INK INK INK INK INK
K INK INK INK INK INK IN
INK INK INK INK INK INK